柳内たくみ
Yanai Takumi
Illustration:黒獅子
自衛隊
彼の海にて
斯く戦えり
2
3. 熱走編
下

「……翼人？」
その白い物体が
翼皇種《アヴィ》の翼人だと
気付いた時には
遅かった。

翼皇種《アヴィ》の顔は、
はっきりとレディを
睨み付けていた。
そして手にした槍を
レディ目がけて
投じたのである。

ゲート SEASON2

自衛隊　彼の海にて、斯く戦えり

3.熱走編〈下〉

A L P H A　L I G H T

柳内たくみ
Takumi Yanai

アルファライト文庫

主な登場人物 Main Characters

徳島甫《とくしまはじめ》

海上自衛隊二等海曹。
特務艇『はしだて』への配属
経験もある給養員（料理人）。

オデット・ゼ・ネヴュラ

翼皇種《アヴィ》の少女。
戦艦オデット号の船守り。
プリメーラの親友。

江田島五郎《えだじまごろう》

海上自衛隊一等海佐。
情報業務群・特地担当統括官。
生粋の“艦”マニア。

シュラ・ノ・アーチ

帆艇アーチ号船長。
正義の海賊アーチ一族。
プリメーラの親友。

プリメーラ・ルナ・アヴィオン

ティナエ統領の娘。
極度の人見知りだが酒を飲む
と気丈になる『酔姫』。

シャムロック・ハ・エリクシール

ティナエ政府
最高意思決定機関
『十人委員会』のメンバー。

メイベル・フォーン

亜神ロゥリィとの戦いに敗れ、
神に見捨てられた亜神。
徳島達と行動を共にする。

ドラケ・ド・モヒート

アヴィオン海の海賊七頭目の
一人。義理人情に篤く、
部下に慕われる。

オディール・ゼ・ネヴュラ

ドラケ海賊団オディール号の
船守りを任される漆黒の
翼皇《アヴィ》種の少女。

その他の登場人物

レディ・フレ・バグ ……………海に浮かぶ国アトランティアの女王《ハーラム》。

ダーレル・ゴ・トーハン ……………アヴィオン海の海賊七頭目の一人。

濱《はま》湊《みなと》伸《のぶ》朗《ろう》 ……………海上自衛隊ミサイル艇隊司令。

黒《くろ》須《す》智《とも》幸《ゆき》 ……………海上自衛隊ミサイル艇『うみたか』艦長。

高《たか》橋《はし》健《けん》二《じ》 ……………海上保安庁一等海上保安正。

アマレット ……………プリメーラ付きのメイド長。

イスラ・デ・ピノス ……………シャムロックの秘書。

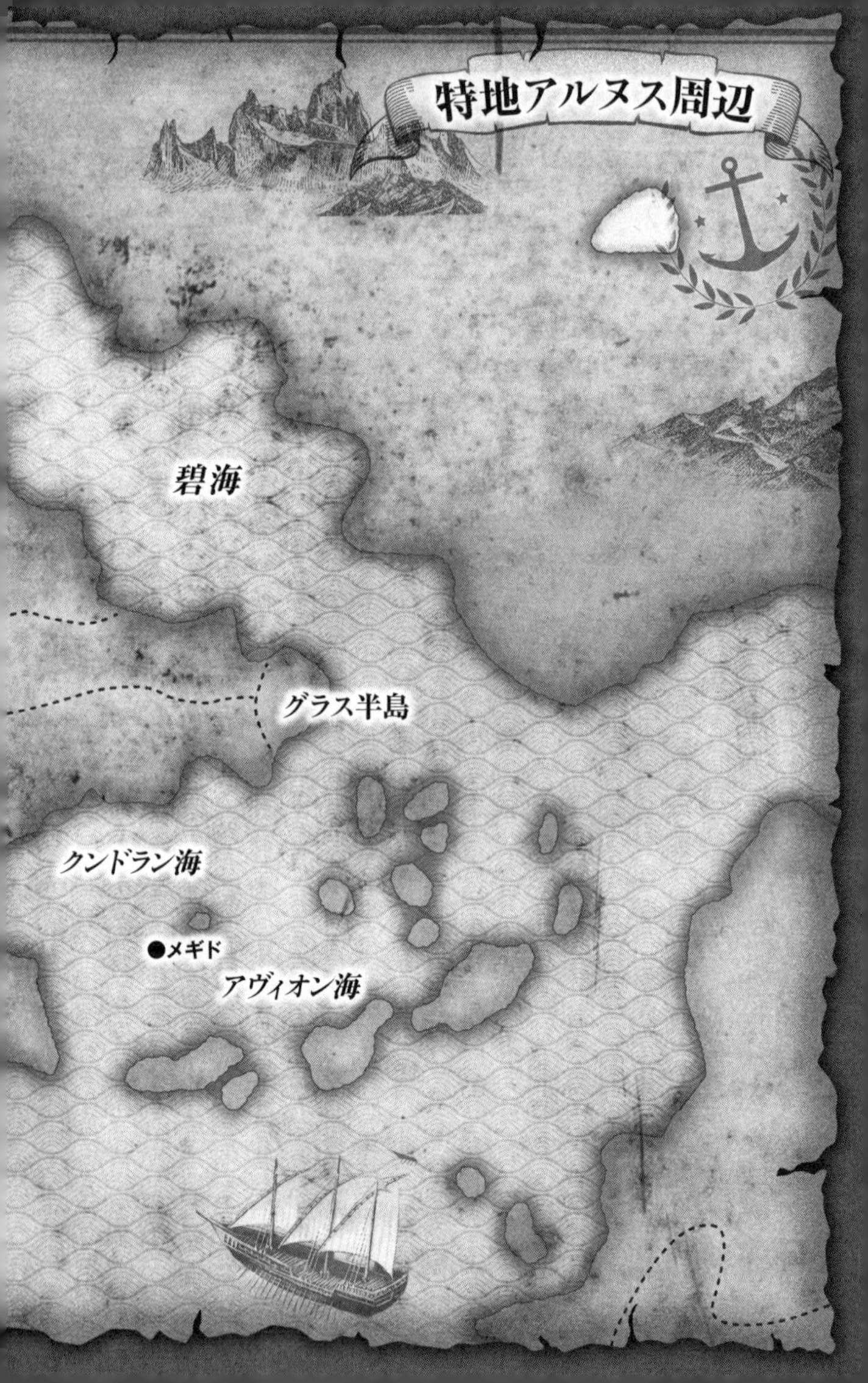
特地アルヌス周辺
碧海
グラス半島
クンドラン海
●メギド
アヴィオン海

●ロンデル
帝都●
●イタリカ
◎アルヌス
エルベ藩王国
トュマレン
碧　海

アヴィオン海周辺
グローム
ヌビア
●シーミスト
グラス半島
ウービア
碧海
バウチ
フィロス
●コッカーニュ
●ブロセリアンド
●ミヒラギアン
ジャビア
ウィナ●
ウブッラ
●コセーキン
●ラルジブ
●ラミアム
●オフル
マヌーハム
アヴィオン海
シーラーフ
●ゼンダ
●レウケ
ティナエ
ローハン●
トラビア●
●ナスタ
東堡礁《とうほしょう》
●テレーム
南堡礁《なんほしょう》
サランディプ
ガンダ●
クローヴォ●
●グランブランブル
ルータバガ

06

「へえっ、ここが海賊の本拠なんだ」

徳島《とくしま》は感心の声を上げた。

「凄い、凄いですよ。徳島君！」

振り返ると、江田島《えだじま》も海に落ちかねないほど手すりから身を乗り出していた。前を見ても後ろを見ても船という、アトランティア・ウルースは、彼にとっては天国といえるところなのだ。

オディール号はアトランティア・ウルースの船団毎に設けられた水路をゆっくりと進む。

「このウルースは別に海賊の本拠って訳じゃない。だが、大抵の海賊達にとっては故郷にはあたると思う」

オディール号の船長ドラケは徳島に説明した。どうもドラケはパッスムを追放して、代わりに徳島を司厨長《しちゅう》として迎えたいらしく何かと近付いてくるのだ。

「船長はこちらの出身なんですか？」

「出身地は別のところだ。俺はある程度の歳になってからここに流れてきたんだよ」

ドラケは徳島にアトランティアという国の成り立ちを語った。そして言った。

「海で生活する民が何も全員海賊という訳じゃない。ただ必要だから海賊行為もする。食べていくためなら何だってする。それが海の民なんだ」

だから海賊を主たる職業にすることにも抵抗はない。海賊にウルース出身者が多くなっているのもそのためなのだ。

「海賊の出自は様々だ。陸で生まれて生活をしていたのに、海の民の一員になって海賊となった者だって大勢いる。俺も厳密に分類するとその一人になるだろうな」

「海賊にもいろいろな人がいるんですね」

「徳島君、徳島君！　あれを見てください。五段櫂船《ごだんかいせん》がありますよ！」

あまりにも多くの船が寄り集まっているため、そこは船の博覧会のようだ。中にはよくぞこんなものが海に浮かんでいられるなと、感心してしまうほど古い船もあった。

「す、すみません。騒がしくって……」

子供のようにはしゃぐ江田島を見てドラケは苦笑した。

「いや、いいさ。ここまで喜んでもらえたら、こっちも嬉しくなるからな」

苦笑しているのはドラケだけではない。周囲の海賊達はほとんどが呆れていた。

「あれが私の父上……」

若干ファザコンの気配を感じさせる目でエダジマを見つめるトロワを見つけて、徳島は警告した。

「決めつけてしまうのは性急に過ぎるよ。トロワという名前が偶然に一致しただけかもしれないから。過度の期待は禁物だからね」

「でもエダジマの娘は、パウビーノになっているんでしょ？　だったらそれは私かもしれない。ドラケだって間違いないって言ったし」

どうやら徳島の警告もあまり効果がないようであった。

そもそもトロワがこんなことを言うようになったのには、理由がある。

オディール号の客人となった江田島に対し、ドラケが一番最初に行ったのがパウビーノの少女を紹介することだったのだ。

「この子の名前はトロワって言うんだ。つまり、お前達が探している子供と同じだ。お前が探しているのはこの子なんじゃないかと俺は思う」

「まさか!?」

だが、江田島は頭《かぶり》を振った。娘を探しているなんてことは、もちろん嘘だからだ。

当然、トロワという少女の容姿や来歴も全てが架空だ。いかに異世界とはいえ、想像上の人物が人の姿となって実際に現れることなどあり得ない。とはいえ、そうは言えないからこう返す。

「この少女の面差《おもざ》しから見ると、自分の娘とは思えませんねえ」

そもそも母親と死に別れた娘などこの世には大勢いる。その中で魔導の力を僅かばかり備えている子も少なくない。パウビーノの女の子を全て調べればトロワと似たような境遇の娘は大勢いるはずなのだ。

しかしドラケは続けた。

「でもよ、この子の目鼻立ちはお前にそっくりだと思うぞ！」

「そ、そうですか？」

「ああ、そうだ。よく見れば部分部分で似てるしな」

実際、ドラケの言うように、トロワは江田島にどこか面差しが似ていた。

もちろん中年男の江田島そのものならば、この少女は容姿の点で酷いハンデを背負ってしまうだろう。しかしトロワは美しかった。将来、傾城《けいせい》の美女になることも期待できる素質の片鱗がそこかしこに見られたのだ。

　つまりドラケが言いたいのは、目元とか、顔貌《かおかたち》を構成するパーツの一つ一つにどこか類似点があるということで、そしてそれは確かにその通りだったのだ。

　偶然とは恐ろしいもので、さすがの江田島もこの事態だけは予想していなかった。とりあえずはっきりしないから保留ということにしたものの、これをきっかけにトロワのほうが、江田島が自分の父親なのではと期待する素振りを見せるようになったのだ。

　トロワは幼い頃、慈童院に引き取られたそうだ。

　魔導の才能があると分かって魔導師に弟子入りして、しかしこれ以上は伸びることはないと破門の扱いを受け、やさぐれた生活に入った。その後、独りぼっちで必死に生きてきたのである。

　希望のない毎日。昨日と同じ今日を過ごし、おそらくは今日と同じ明日が続く。

　そんな日々の中で父親かもしれない存在が現れ、しかも自分を探していたと聞かされたら、孤独の寂しさや未来のない生活から解放されることを「期待するな」と言うほうが無理だ。

「なんだ、違うと言い張るのか？　その根拠はなんだ？」

　ドラケは娘が見つかるはずがないと決めつけている（ように見える）江田島の態度を

訝《いぶか》しがった。

「いや、この子は慈童院出身だそうですし」

「そんなの人攫《ひとさら》いがお前の女房から子供を拐《かどわ》かしたあと、何かの理由で慈童院前に捨てたかもしれないじゃないか」

「そ、それはそうですが」

江田島はあまり強く主張できなかった。間諜と間違われ、処刑されそうになったこともある。これ以上は周囲の猜疑心を掻き立てるような言動は控えるしかないのだ。

江田島は演じるしかなかった。必死になって娘を探していた父親の姿を。思いがけず娘と出会ってしまったがため、かえってそれを受け容れることが出来なくなっている複雑な心境を。

だから徳島が成り代わって言うのだ。

「早まらないでください。他人のそら似というのもあります」

するとオディールが混ぜっ返しにかかる。

「そら似だっていいじゃんかよ！　細かいことをグチグチ言うなよな」

それを聞いたトロワが表情を陰らせる。

「違うのですか？」

徳島は少し厳しめな口調で語りかけた。

「こればっかりは、いい加減のなあなあで済ますことは出来ないからね」

もちろん、好き好んでこんな意地悪な言い方をしている訳ではない。少女に過度の期待をさせて後でガッカリさせるようなことを防ぐには——そして必ずその時は来る——こんな意地悪な言い方をするしかないのだ。

「困ったな。じゃあどうすればいい？　どうすれば納得する？」

ドラケは嘆息した。この男も根が単純なので、当人同士が納得するなら実際の血の繋がりなんてまったく気にしないのだ。

するとその時、蒼髪《あおかみ》の娘メイベルが皆を救うかのように告げた。

「こういう時こそ、母神ナレッドの神託を受ければよい」

「ナレッド？」

「魔母ナレッド……子供を食らう悪鬼転じて、母子を守護する神となった。ナレッドの神殿に参れば、本当の親子かどうかの神託を得られるはずじゃ」

「へえ、そんな神がいるのか」

ドラケは聞いたことがないと言う。もちろん徳島も江田島も初めてだ。鬼子母神《きしぼじん》の由来に似ているなと思うだけだ。

しかしこの世界には、数多の神があらゆるところにいる。巨大な神殿で祀《まつ》られているような神もいれば、祠《ほこら》しかないような神もいる。そうした全部を把握している人間なんて、その道の専門家ぐらいなのだ。

「分かった。で、そのナレッドの神殿とやらはどこにある？」

ドラケはメイベルに尋ねた。

「神殿は帝国の領内奥深くにある。ここからなら、碧海《へきかい》の北にある手近な港に着けてもらえればよいじゃろう。そこからは陸路で旅をして……」

「ちょっと待て。それってトロワとエダジマが揃って参拝しないといけないのか？」

「無論じゃ。親子関係の有無を尋ねるのじゃぞ。当事者がいなくてどうする？」

「参ったな……」

それを聞くとドラケは頭を抱えた。

「どうした？」

「トロワはうちのパウビーノなんだ。神殿参拝のためとはいえ、勝手に休みをくれてやる訳にはいかんのだ」

「船長というのは船のあらゆることに権限を持つと聞いておるぞ。オディール号の船長はお前なのであろう？　お前がその気になればいかようにでも出来るのではないのか？」

「確かにそうなんだが……パウビーノはとあるところから大砲と一緒に借り受けているだけで、後で返さなきゃならんのだ」

貴重な情報が得られて江田島は身を乗り出した。

「つまり一種の派遣社員みたいなものなのですね？」

「派遣ってのがどんなことかは知らないが、まあ、そういうことだ」

するとその時、オディールが言った。

「でもドラケ！　こいつはダーレルの船にいたんだろ？　奴に捨てられたんだろ？　あんたはどこの誰とも分からねえ娘っ子を海で拾っただけで、パウビーノだったなんて知らなかったことにすりゃいいじゃんか？」

するとドラケは情けなさそうな顔をした。

「そんなことして後でバレたらどうなると思う？　そんなおっかないこと出来るかっての！」

「は、海賊七頭目の一人ドラケ・ド・モヒートが随分情けないこと言うじゃないか？」

「仕方ないだろ？　今や海賊稼業は大砲がなくちゃ成り立たない。その大砲の供給を一手に担っているギルドに睨まれたら、大砲もパウビーノもみーんな引き上げられちまう。そうなったら俺達は食っていけなくなっちまうんだぞ」

一連のやりとりで、江田島はパウビーノや大砲の秘密は、その貸し出し主たるギルドにあると目星をつけた。後はそのギルドとやらがどこにあるかを聞き出せばいいのである。

「分かりました。ではそのギルドの者に私を引き合わせてください。トロワについては私が直接話を付けます」

「おい、どうしたんだ？　さっきとは打って変わって積極的になったな」

「この娘と私が、本当に親子なのか白黒付けなければ気分が悪いからですよ。この娘にはっきりしないまま期待させ続けることだって、いいことだとは思えません」

「そういうものかねえ……」

江田島の言葉を聞いてドラケはしばらく考え込む。そして振り返って叫んだ。

「よし、決めた！　航海士、針路を変えるぞ。目標はアトランティア・ウルース！　航行計画を立てろ！」

「ラーラホー、船長！」

航海士が海図を見て航行計画を立てる。そしてドラケに変更すべき針路を告げた。

「アトランティア・ウルースとは？」

待っている間、江田島はドラケに尋ねた。

「もちろんギルドのあるところだ。決まってるだろ？　よーし、風下に舵を切れ！」

するとオディール号は、青い海面に白波で大きく弧を描いて旋回した。そしてその針路をアトランティアへと向けたのである。

＊

＊

アトランティア・ウルースに到着すると、ドラケは乗組員に上陸許可を出した。

ウルースは船が寄り集まり鎖で繋がれたものだ。それだけに『上陸』という言葉の使用には違和感があるが、他に表現のしようがないのでこの言葉を使っていた。

オディール号の乗組員にはこのアトランティア・ウルースに故郷の船がある者も多い。そのため、みんな家族や昔の知り合いを求めて続々と上陸していった。

メギド族の島と同様に、ここは海賊が大手を振って出歩ける数少ない場所なのだ。

そのためこのウルースの地を初めて踏む者も、そうした土地勘のある者に連れられて船を降りていく。きっと彼らの案内で安心して飲める酒場、安心して飲み食い出来る店へと連れていかれるのだろう。そして夜通し飲み続けるのだ。

「お前達、騒ぎを起こしたりするなよ！」

ドラケは船を降りていく海賊達に声を掛けた。

到着して分かったのだが、今、王城船に外国からの使節が来ているとかで、警備の兵士が多くなっていた。

「分かってますよ。今の女王陛下《ハーラム》はお行儀がよいのがお好きですからね」

女王《ハーラム》は海賊が酔って騒いだり、何かと乱暴な騒ぎを起こすことを非常に嫌って、厳しく取り締まるよう命令しているという。外国からの使節が来ているとなると、特に警戒も厳しくなる。もしも捕まればドラケがもらい下げに行くまで酔っ払いは拘束されてしまうのだ。

「おい、行くぞ。エダジマ、トロワ、支度しろ！」

そしてドラケもまた、江田島とトロワ、そして徳島とメイベルを引き連れ上陸した。

「時にオディールはどうして付いてくる？」

ドラケは更に後に続く黒翼の娘に尋ねた。

「ここまで来たら乗りかかった船じゃないか⁉　トロワの件だって見届けたいし。まさかここまで来て仲間外れだなんて言わないだろ、ドラケ！」

「しょうがねえなあ。なら付いてこい」

一行はまず、大型船の甲板に作られた屋台街の一角にある飯屋に入った。そこで肩がぶつかるほど押し合いへし合いしながら木製の食卓を囲むのだ。

オディールは窮屈そうにしながら尋ねる。

「まずは腹ごしらえってことかい？」

「いや、飯だけが目的じゃないんだ」

ドラケは皆に説明しつつテーブル上にナイフを置き、コイン三枚を並べていった。その動作は何か特定の決まり事でもあるかのように慎重だ。

「何してるんだい？」

オディールはテーブルに並べられたコインを見て尋ねる。

「……もしかして何かの合図ですか？」

まるで謎解きのように江田島が尋ねた。

一方、徳島とメイベルはそんなことには目もくれず、アトランティアで出される独特の料理に舌鼓を打っている。

「これは美味いよ。フカの肝を発酵させてそれを味付けと保存に使っているんだ。こういうのはそれぞれの世界で個性が出るねえ。くさやに似ているから日本に持って帰っても受け容れられると思うよ」

「躬《み》はこの匂いがちょっと苦手じゃ」

「メイベルは納豆もダメだったよね。匂いは発酵食品の宿命みたいなものだからなあ」

大洋に浮かぶアトランティア・ウルースでは塩の入手が難しい。海水に囲まれてはいるのだが、海水を煮詰める燃料の木材が貴重なため、煮炊きする火ですら節約を迫られるのだ。

おかげで塩も高価になる。そうなると結晶化した塩を魚や肉にまぶして挟み混んでしまう「塩漬け」という方法が使えない。そのため魚や肉類は少し濃い目の海水ともいえる塩水に漬け込む形で保存される。するとどうしても発酵が進んでしまうのだ。そうした理由で、海の民の食卓は新鮮な魚か発酵食品かという食文化が成立したのである。

「ご注文は決まりましたか？」

やがて店員がやってきて、ドラケに尋ねた。

すでにテーブルの上には料理が並んでいる。みんな徳島のように食べている最中なのだ。だから問いかけるとしたら「追加ですか？」と尋ねるべきところである。なのに店員はあたかもこれが初めての注文であるかのような態度をとった。

ドラケは鷹揚《おうよう》に言った。

「ニイラ魚を樽一杯に入れてくれ」

「そんなに食べられるんですか？」

店員は驚きの表情で目を丸くする。

「余ったら、フカのエサにするつもりだ」

「樽一杯だと、何匹になりますか？」

「二百匹は入るはずだ。塩水で漬け込んでくれ」

「樽はいくつ用意いたしましょう？」

「五十個だ」

「運び手が必要ですね？」

「もちろんだ。金を出すからそっちで運んでくれ」

「かしこまりました」

店員はテーブルのコイン三枚を拾い上げて懐に入れる。そしてそのまま立ち去った。

するとしばらくして再びドラケの前に店員が戻ってきて一枚の紙片を差し出した。

「おっ、すまんな」

ドラケは皆を振り返ると腰を上げた。

「お前達、行くぞ」

だが徳島やメイベルは待ってくれとせがむ。食卓に載せられた料理の半分も攻略し終えていないのだ。

しかしドラケは急《せ》かす。

「ダメだ。指定された時間までに着かないと全てが最初からやり直しになっちまう」

「やり直し？」

「いちいち説明させないでくれ」

江田島が腰を上げる。

「世知辛いことですが仕方ありません。二人とも行きますよ」

「俺達が行こうとしてるのは秘密結社なんだぞ。世知辛くもなるさ」

「秘密結社？　もしかして例のギルドのことでしょうか？」

「まあそうだ。これにはそこにたどり着くための道程が書いてあるんだ……急げ」

続いてオディールとメイベルが腰を上げる。こうなっては仕方がないと徳島も後ろ髪を引かれながら席を立った。

「まだ食べ切れてないのに」

未練を断ち切れないその心境は、立ち去り際に皿に手を伸ばす様子からも察することが出来るのだった。

店の片隅にいた人物が立ち上がったのはその時である。

分厚いマントを羽織り、ターバンで頭部を覆《おお》った細身の人影だ。店から外に出て行く徳島達を観察していたらしい。

その人物は徳島達が立ち去ると、すぐに後を追おうとする。

「まちなさぁい……」

だがマントの裾を引っ張られてしまう。袖を握ったのは、傍らに腰掛けていた小柄な人物だ。

小柄な人物の注意は辺りを徘徊するアトランティア海軍の兵士に向けられている。三人一組の兵士が周辺を巡回しているのだ。

「分かりました」

そして二人は巡回が立ち去った後、徳島達の背中がほとんど見えなくなってから店を出たのである。

＊　　＊

「ここは？」

徳島は周囲を見渡しながら問う。

ドラケは店を出ると舷梯を渡り、船の通路を曲がった。そしてまた隣の船に渡り……無数に並ぶ中型船、小型船を経てとある船に辿り着いた。

この辺りの船の多くは——特に区画の内側に位置する船は——独自航行能力を失って久しいと思われる。索具《ロープ》の類が干からびていて、見ただけでも硬くなっていると分かるのだ。

イメージとしては、バケツの縁にぶら下がったカチカチの雑巾といったところだろう。こんな風になってしまった索具《ロープ》はもう使用できない。力が掛かったらたちまち千切れてしまう。

「これを見るに目的の船はこの辺なんだが……なんか妙だな。別に海賊が騒ぐような酒場がある訳でもないのに兵隊がやたらと多いぞ」

この船区に入ると兵士達の姿が至るところに見られた。

声を掛けてみれば、海外からの使節団が来ているので警備体制が強化されているという。おかげで徳島達は何度も不審尋問を受けることになった。

「ここは王城船から随分と離れているはずなんだが」

ドラケが兵士に愚痴るとこう返してきた。

「さあな、俺達は命令された通り警備するだけだから」

「そりゃそうか」

ドラケはそんな中で、単独で航行する能力がなんとか残っていると思われる船の前部甲板に立った。

オディールが問いかける。

「ドラケ、ここがそうなのかい？」

「多分そうだ……」

答えるドラケの表情は、微妙に自信なさげだ。

「多分？」

「しょうがないだろう？　俺だって凄く久しぶりなんだ。けど、どうにか間に合ったようだな」

「間に合うって何が？」

ドラケが答える前に答えは示された。五回の時鐘が鳴らされると、その船は隣の船との束縛が解かれたのだ。

船員達が甲板に上がってきて帆が上がり、水路に出て船ごとの移動が始まった。

江田島はそれを見てなるほどと手を打った。

「そういうことでしたか！　確かに船が寄り集まって出来た都市では、引っ越しは簡単ですね。船そのものが移動してしまえばいいのですから。そして船を頻繁に移動させていればアジトの位置を他人に知られにくくなる。今どの区画に繋留《けいりゅう》されているかを知ってる者だけがやってくることが出来るのですね？」

　ドラケは頷いた。

「ま、そういうことだ」

「この船がギルドとかいう秘密結社のアジトなのですか？」

「正式な名前はなんていったかな……カウなんとかギルドだ。俺達にも分からんような知識やら技術なんかを蓄えるのが目的らしい」

　徳島は首を傾げた。

「どうして秘密にするんですか？」

「理由がある」

　ドラケは説明を続けた。

　この世界には亜神という存在がある。それらは賢者や魔導師といった学者が、それまでの水準とはかけ離れた理論やら技術を見つけると、いつの間にかやってくる。そして発見者に対し、宿題と称する無理難題を出したり、様々な枷《かせ》をかけようとするのだ。

　それに従わず無闇矢鱈《むやみやたら》な発明、発見を続ける者を闇に葬《ほうむ》ったりもする。そのため学問を極めようと日夜研鑽している賢者や魔導師からは、非常に恐れられていた（だが同時に亜神から宿題を課されたというのは、研究者として最高の栄誉でもあるから嫉妬や羨望の対象でもある）。

そうした神々の監視から逃れるために結成されたのが、『カウカーソス・ギルド』という地下結社なのである。

「そ、そんなことをおおっぴらに話していいのか？」

メイベルは尋ねた。自分こそがその亜神の一柱であるなどと紹介したことはないが、もし能書き通りの活動をしているのならペラペラと喋ってしまっていいこととは思えなかったのだ。

だがドラケは何とも思っていないらしい。

「この程度のことはかまわんよ。俺だって知っているし、周りの奴らも概《おおむ》ね知ってる。そもそもギルドの奴らは大したことが出来るような連中じゃなかった。亜神が始末に来るような新発明とか世紀の大発見なんかとも無縁だった。こそこそ隠れ回ったりする必要もないのに、あえてそうしている——しかも、俺達に知られている時点でそれも満足に出来ていない——変人の集団でしかなかったんだ」

女性の体型補正用具とか人間が入って水の中を進む樽だとか、どこでも使える着火具といったヘンテコなものばかりを作ろうとしては失敗している。もともとはそんな存在だったとドラケは語った。

「な、なるほどなあ……」

「ところがだ。その連中がここ最近になってガラッと変わった。急にこのウルースの力になるような、実用的なものを創り出すようになったんだ。大型の起重機や船渠《ドック》船、大砲なんかもその一つだ。そしてその頃から、奴らのやることも本格的になってきた。以前はここにしか拠点はなかったんだが、王宮の援助を受けると研究用の施設船を増やして、あちこちに支部を構えたりするようにもなった」

「随分と急成長ですね。一体何があったんです？」

「新加入した賢者が原因らしい。そいつらが立て続けに優良な発明をしてるんだそうだ」

「お前達、合い言葉を告げるがよい」

するとその時、船内から麻で出来たローブを纏《まと》った人間が現れた。

そのローブは魔導師のそれに似ているが、飾り気がまったくなく頭巾を深く被って顔すら隠しているため、隠秘的、修道士的な印象が強い。

「よお、久しぶりだな、ホッブズ」

そのためその人物がヒト種なのかそれともエルフなのか、はたまた他の亜人種なのか外見からはまったく掴めない。

「その名で呼ぶな、ドラケ！　我が真名《まな》は星を継ぐ者、グレンダー・ラ・シーカーである！　偉大なる大賢者にして当ギルドの大総帥だ！」

ローブ男はドラケの挨拶に答えず一方的に自己紹介した。

「さあ言え、合い言葉は？」

声や体型から察するに、この男が壮年期に入った男性であろうことは分かる。分かるのだが、やっていることはどこか児戯《じぎ》的だった。

「えっと……『世界の支配権を神の手から賢者の手へ。賢者こそが世を統べる者』だっけ？」

ドラケはうんざり顔で答えた。そもそも既に名前で呼び合っているのに合い言葉もへったくれもない。

「だっけ？　は不要だ！」

「いいじゃんか別に」

「お前は分かっていない！　合い言葉とはそういうものではないのだ！」

「けどさ……」

二人の間に白けた風が吹く。

こうしている間にもギルド本部船甲板では、展帆作業を終えた乗組員達が黙々と航行の作業を続けている。警備兵達もいる。だがみんな、そこで行われている茶番にはまったく関心がないという態度であった。

「ちっ……赤い外套《がいとう》の男ならノリノリで応対してくれるのに」

「奴はそういう芝居がかったことが大好きだからな。だが今回は俺だけだから奴はいないぞ」

「そうなのか？　ティナエの使節としてここに来ていると耳にして期待していたんだが……」

「へぇ、そうなのか？　物々しい警備がされている理由として外国からの使節が来ていると聞いていたが、その使節がティナエからだとは知らなかった。だがすまん大総帥。奴はともかく俺はあんたらの趣味に付き合うつもりはないんだ。だから諦めてくれ」

するとと大総帥はローブの上から見ても分かる程に肩を落としたのである。

徳島達はギルド本部を自称する船内に案内された。

船内ではあちこちで大総帥と同じような姿をした男達が机に向かっている。そしてここにも武装した兵士が警備に立っていた。

「へえ、ここがギルドなんだ。ギルドってもしかして公的な研究施設？」

徳島が感心する。しかし大総帥は訂正する。

「違う、ここはギルドの大本部船だ！」

しかし呼称に『大』を付けても、それはどこにでもあるような古い木造船でしかない。内部は薄暗く、空気も澱んでいる。そんな中で燭台の明かりを頼りにこのギルドの研究者達は研究と実験と製作作業に勤しんでいるのだ。

「見よ、神も恐れる我らが発明品の数々を！　ひれ伏して敬え、我らが英知の力に！」

彼らが創り出したガラクタの数々を見た徳島は瞬間的に理解した。ドラケが言うように彼らは本当に大したことが出来る人達ではないのだ。

これだけ大仰なことをして秘密を守っているのに、不意の来客に見せびらかしてしまうところからしてもそれらは理解できる。要するに自分達は凄いことをしている凄い人間なんだと思われたいだけなのだ。

そんな彼らが大砲を製造し海賊達に広めたという。その不思議こそが、徳島と江田島が解き明かさねばならない謎なのだ。

テーブルの上には様々な羊皮紙が積み上げられている。

徳島がそれに視線を向けると、様々な悪戯書き、もとい発明のアイデアが書かれていた。その多くは他愛もない落書きだが、その中に、白い、おそらくはコピー用紙に漢字、しかも簡体字がちりばめられたものを見つけた。

「こ、これは？」

「見るな！」

大総帥は慌てた様子でそれを隠した。

「貴様らが見ても分からん。私だって分からんのだからな。はっは！」

ちらと見ただけだが、その書類には図も記されていた。長い筒状の何かの設計図。おそらくは大砲だろうと思われる。

「そうだね。何が何だかさっぱりだった。でも凄いってことは分かるよ」

徳島は彼らが期待するような反応をして見せた。

「そうか、凄いのは分かるか？」

「うんうん。凄い凄い」

すると大総帥は、尊敬と畏怖を来客の心に植え付けることに成功したとでも思ったようで、ローブの下に隠されていた上機嫌な顔を見せた。

「素晴らしいだろう。これのせいで我々は神に狙われている。実際、ここだけの話だが、ギルドの支部船が何度も亜神に襲われていてな。これまでに多くの仲間が命を落としてしまった」

「亜神に？」

「もしかして兵士がやたらと多いのもそのせいか？」

ドラケも身を乗り出してきた。

「名目だけは国賓《こくひん》警備となっているが、それは世間の目を欺《あざむ》くため。実際は我々を守るため、そして亜神の目を誤魔化すためなのだ」

「そっか……大砲を作ったあたりからお前達って凄いなって思い始めたんだが、本当に凄くなったんだな」

ドラケはしみじみと言った。まるで馬鹿にしていた知り合いが、出世して帰ってきたのを見たような物言いだ。そして大総帥もまた、しみじみとした声で頷いた。

「ああ、凄くなった。私自身もそう思う。で、ドラケよ、貴様の用件とは何だ？」

「おお、そうだった。実はこの娘のことで相談があったんだ」

ドラケはそう言ってトロワの両肩に手を当て前へと押し出した。

「ふむ、この娘はパウビーノ８４５９号……確か大砲とともにダーレルに貸与していたはずだが？　何故お前がこの娘を連れているんだ？」

男はふざけた性格ながら記憶力はいいらしい。トロワの顔を見ただけで識別した。

「番号なんかで呼ぶな！　この子の名はトロワだ。奴が海に捨てたんで俺が拾った」

「名前など記号に過ぎぬというのに面倒な輩《やから》だな。しかし事情は分かった、理解した。貴様はそれをわざわざ届けに来てくれたのだな？　では、その心がけに感謝しつつ、８４５９号は我々が回収することにする」

大総帥はそう言ってトロワに手を伸ばす。しかしドラケはその手を振り払った。

「待て！　実はこの子の父親かもしれない男が見つかったんだ。そこでこの子を母神ナレッドの神殿に行かせて、本当に血が繋がっているかを確かめたい。いいよな？」

「お願いいたします」

江田島も前に進み出て話を合わせる。だが大総帥は素気《すげ》なく答えた。

「いや、ダメだ」

「何故？」

「パウビーノの育成には多額の費用がかかる。この娘は我がギルドの重要な資産。稼ぎ手なのだ」

「ケチケチするなよ！　資産っつったって俺達海賊に貸し出してりゃ、船ごと失うなんてことしょっちゅうだろ？　この子だってダーレルの奴が海に放り捨てている……つまり、もう失われたはずの娘なんだ」

そんなドラケの言葉に、トロワはしゅんと項垂《うなだ》れる。自分が生きていてはいけない存在として扱われていると感じたのだ。

「いや、違う違う！　俺はお前を救い出してよかったと思ってるぞ！」

ドラケが慌ててフォローする中、大総帥は言った。

「確かにダーレルはこの子を海に捨てたかもしれない。しかしこの子は実際に生きている……それが現実だ。そもそも我々がこの子達を集め、パウビーノとして教育するのに一体どれだけの費用をかけたか知っているか？　日々の食費、交換シーツの購入費、成長期の子供の衣服代、それぞれに渡すお小遣いなど……確かに宮廷からの援助はあったがそんなもんじゃまったく足りなくて、我々が身銭を切ってなんとかやりくりしてたんだ！　そして最近になってようやく収支が黒字になってきた。三度の食事も、モヤシの他にニイラ魚の塩水漬けが出てくるようになった！　ギルドの皆の表情も明るくなってきて……それを思えばたとえ一人であろうとも簡単に現場から外したりは出来ない。いや許されないのだ！」

生々しいやりくり事情を聞かされて、ドラケは答えに窮《きゅう》した。

名前でなく番号で呼称するなど、子供達は非人道的な扱いを受けているように思われる。しかし詳しく聞けば実際には大事にされてきた気配が、大総師の言葉の端々からそこはかとなく感じられたのだ。

そこで江田島が問いかけた。

「では、一体幾ら払えばいいのです？」

「これは金銭の問題ではない！　誇りの問題なのだ！　そもそも親子関係の確認程度、神などという非論理的なものに頼らずとも調べようがあるではないか？」

「そ、それは一体どのような方法ですか？」

「ふふふふ、教えてやろう。我々ギルドの手には、今や生命の根源を辿る方法があるのだ！」

「せ、生命の根源⁉」

「そう、生命の根源だ！　蒙昧《もうまい》な輩に言ったところで分かるまいが、全ての生命にはその設計図とも言うべきものがあり、人間はみな父母のそれを写し取って我が身を作る。そのため、血縁者であるならば、そのほとんどが似通っていて……」

「それは遺伝子検査の技術があるということですか⁉」

江田島は大総師に食い下がった。

「いでん……その言葉を知るお前は、もしかして奴らの仲間か？」

「奴らとは、一体誰のことですか⁉」

「みぃつけたぁ！」

江田島が更に食い下がったその時だった。

ギルドの船が、突然爆発したのである。

07

ギルドの本部船が突如として爆発した。

いや正確に表現するならば、爆発でも起こったかのように、ギルド本部船の船体が砕けたと言ったほうが正しい。衝撃で細かく砕けた木片が四方八方に飛び散ったため、あたかも爆発のように思われたのだ。

「い、一体何が⁉」

ドラケが、降り注ぐ木材の破片からトロワとオディールを庇《かば》いながら叫ぶ。

「な、何をしているか⁉　爆轟実験をする時は注意するようにとこれまで散々言ってきたではないか⁉」

大総帥が怒鳴りつけるとローブの男が叫び返す。

「爆轟実験なんてしてませんよ！」

その時、徳島は見た。

「あ、あれは⁉」

天井を穿《うが》ち、第二甲板を貫通して船底にまで至った大穴の底に、フリルに飾られた暗黒色の花が咲く。

その一輪の黒花は、巨大なハルバートの一撃でその大穴を空け、ギルド本部船の竜骨をもへし折ったのだ。

「ロ、ロゥリィ・マーキュリー⁉」

メイベルがその花の名を呼ぶ。

かつてロゥリィと戦って敗れた彼女は、全身から大量の汗を噴き出していた。そして身体を硬直させて動けなくなっている。

「メイベル……」

徳島は動けないメイベルを抱きかかえる。すると彼女の身体は小刻みに震えていた。

「嫌だ、嫌だ、幽閉は嫌だ……」

しかしロゥリィ・マーキュリーは、メイベルなんぞに目もくれずに大総帥を見据えた。

「そこにいたわねぇ！」

船底から唇を真っ黒に染めたロゥリィが跳躍した。

「ついに現れたか、死神め!!　我々の崇高な使命を邪魔し続ける邪神が！　だがここを貴様の最期の地……否、海にしてくれるわ！」

大総帥は、船底まで空いた穴の下にロゥリィの姿を認めると、懐から太い管を取り出す。

目測で長さ約三十センチ、子供の手首くらいの太さがあるそれを見た江田島は、ひと目で鉄砲の原型ともいえる武器だと悟った。

銃身はおそらく青銅製の筒。先端から火薬を詰め、続いて弾丸を込め、火薬の爆発の圧力でこれを発射するという単純な構造だ。ただしこの世界には火薬がない。そのため、魔導師が筒内で爆轟現象を起こさせるものに変更されていた。

しかしそれは銀座側世界の何者かによって教えられたものではないように江田島には思えた。構造が単純で原始的に過ぎるのだ。

先込式の大砲を小型化すれば個人が使える武器になるという発想は誰にでも出来るから、大砲をヒントにこのギルドの誰かが独自に開発したのかもしれない。

「死ね、死神っ！」

大総帥の叫びに続く小さな爆発と爆煙。

発射された弾丸は、ロゥリィ目指して真っ直ぐに飛翔した。

しかしロゥリィはフリルで飾られた漆黒の神官服のスカートを膨らませて身を縮め、それを躱《かわ》す。そして、巨大なハルバートを大きく振りかぶると、滑り込むようにして大総帥に迫った。

「ぐはっ！」

空気を切り裂くフルスイングから、残心の決まった姿で静止するロゥリィ。

大総帥は腰斬《ようざん》されながら最後の言葉を叫ぶ。

「あと一歩……あと一歩で世界の秘密に辿り着けたものをおっ!?」

鮮血を大輪の花のごとくまき散らしながら大総帥は倒れた。

ロゥリィは瞑目《めいもく》してその男の魂が自分の身体を駆け抜けていくのを受け止めたのだった。

ロゥリィによって、大総帥は一瞬で屠《ほふ》られた。

だが、これは戦いの終わりではなく始まりとなった。

「撃て!!」

大総帥が倒れると、ロゥリィの横合いから多数の銃声が鳴り響く。

ロゥリィは素早く反応すると、ハルバートの柄《え》を返し巨大な斧身で飛来する弾丸を払う。

振り返ればそこには、このギルドに所属するローブを着た者達……研究員達の姿があった。その中にはパウビーノの少年少女達も交じっている。

彼らは誰もが新兵器で武装し、本部船を破壊した者を迎撃すべく狙いを定めていた。

「大総帥の仇《かたき》を逃がすな！」

彼らの武器は大総帥が使っていたものとまったく同じだ。このギルドでは手銃を量産していたらしい。あるいはこうした襲撃を予想していたのかもしれない。

ローブを纏った研究員が次々と倒されていく中、パウビーノの子供達は若者らしいひたむきさで突き進んだ。才能がないというだけで師匠から見限られた彼らにとって、いろいろな面で問題のある組織にせよ、食事をモヤシに切り詰めてまで自分達の生活環境を整えようとしてくれたギルドの大人達は、信頼に値する存在だったのだ。

「外れた！　次だ、早く弾を込めろ」

「お、おうっ！」

子供達は六人で横一列に戦列を組んでいた。そして撃ちきった銃身に、新たな弾丸を装填《そうてん》しようとしている。

もちろんそんな隙を見逃すロゥリィではない。踊るようなステップで軽やかに距離を詰めると子供達の間に割って入った。

「あわわわわ」

「くそっ！」

そして弾を込め終えた手銃を構えようとする子供達の頭や尻に、ハルバートの側面をパン、ペン、ゴンと叩きつけていく。

「す、素速過ぎる！」

弾込めを終えて狙いを付けるが、彼らの目では素速いロゥリィをなかなか捉えられない。

無理矢理銃口を突きつけようとしても、常に味方の姿があって発射できない。乱戦になってしまえば、多人数が有利とは限らない現実がそこにあった。

「まて、俺だ。撃つな！」

「わわわわわわ、わあああ！」

仲間に銃口を向けられて頭を抱えてしゃがみ込む。

こうした戦いに不慣れな子供達は、ロゥリィにあたかも弄《もてあそ》ばれるように次々と気絶あるいは戦意喪失させられていった。

最初の爆発以来、ギルドの本部船は少しずつ傾いていた。

竜骨まで折れるような損傷を負って、船内に海水が流れ込んでいるのだ。

この船を沈めないためには、ただちに防水処置を講じなければならない。しかし、それを命ずる船長はなく、また乗組員も全員がロゥリィとの戦いの渦中にある。船を守ろうとする者はどこにもいないのだ
「この船はたぶんダメだ。沈む」

徳島はそう判断するとメイベルを肩に担いだ。ロゥリィの姿を見て硬直した彼女は、まるでマネキンか何かのようだ。

「統括、逃げましょう」

だが傾斜がキツくなりつつある中で、江田島はテーブルに積まれていた羊皮紙を抱え込むようにして漁っていた。

「と、統括、何をしてるんですか？」

「情報資料の収集に決まっているじゃありませんか！」

戦いが繰り広げられているどさくさに紛れて江田島はそれらの羊皮紙や書類を集めた。

そして自分だけでは抱えきれないと分かると、呆然と立ち尽くしているトロワにも渡して彼女の手を引いた。

「さあ行きますよ！　こちらです！」

徳島もメイベルを抱えて露天甲板に上がる。船は更に傾斜を深めていくため、目に付いた手すりに必死に掴まった。

「徳島君、メイベルさんはどうしたんです？」

「こいつ、ロゥリィを見るとこうなっちゃうんです」

「トラウマですか。あの時の敗北がよっぽどこたえたんでしょうね」

江田島はトロワを振り返ると、自分の身を守るのを最優先するよう言い聞かせた。

「しっかりと私に掴まっているのです。いいですね？」

「はい、父……上」

「おい、トクシマ！　あの大砲の弾みてぇな娘っ子はなんなんだ⁉」

最後にやってきたドラケが叫ぶ。

ボロ船とはいえ、ギルドの本部船サイズの船をハルバートの一撃で大破させてしまう力は、大砲の一撃に匹敵するように思われたのだ。

「ロゥリィ・マーキュリー、亜神です。エムロイの使徒です！」

「な、なんだってそんな物騒な奴がここに？」

するとと江田島が答えた。

「船長、あなたはご自分でおっしゃったではありませんか。進み過ぎた知識を考えなしに振りまこうとする者の元には、亜神が現れると……『カウカーソス・ギルド』の方達は、きっと彼女の逆鱗に触れるようなことをしたんです！」

するとその時、船体を衝撃が襲った。

「な、なんだ！」

船体の傾斜に耐えかね、ついに船体そのものが前後真っ二つに裂けたのだ。

徳島達はギルド本部船の船首側に、ロウリィやそれと戦っている乗組員は船尾側に残された。

「統括！　どうしますか？」

船体が二つに裂けたことで、海中に沈んでいく勢いは今までの比ではなくなった。徳島は江田島に囁《ささや》いた。

「これのおかげで我々の仕事はかなり捗《はかど》りました。ドラケ船長とはここでお別れしてもよいかもしれません。頃合いを見計らって逃げましょう！」

江田島は片っ端からポケットに突っ込んだ羊皮紙や書類を徳島に見せる。

めたのだ。
「お前達、もうここはダメだ。海に飛び込んで逃げるぞ！」
その時ドラケが叫んだ。いよいよ手すりにしがみついていること自体がきつくなり始
「了解」

しかし徳島が止めた。

「だめです船長！　海に飛び込んで逃げるならタイミングを見計らわないと。俺達はいいけど小さな子供がいるんだ！」

見下ろせば、海面には渦が巻いていた。

沈んでいく船体に、周囲の海水が流れ込んでいるのだ。言い換えれば、船体が海水を吸っているということだ。この状態で海に飛び込むと、泳力の弱い子供はそのまま船体内に吸い込まれてしまう恐れがある。そうなったら船体もろとも海底へ引きずり込まれるだろう。

しかも周囲には、船の残骸がそこかしこに浮かんでいた。太い索具《ロープ》も縺《もつ》れるように流されている。海面の下ではそれらが網のようになっている可能性もあり、そんな中で泳げば手足に絡まることだってある。非常に危険なのだ。

もちろん浮き輪や救命胴衣といった用意があるなら話は別だが、それがない今は無闇

に飛び込んではいけない。

「ちっ……そう言えば、トロワは泳げなかったんだな。だったらどうする？」

すると徳島は上空のオディールを見上げた。

「彼女にどこかから船を探してきてもらうのは？」

その手があったかとドラケは空に向かって声を上げる。

「オディール！　どっかから舟を探してきてくれ！」

「了解」

オディールは五人を残して船を探しに飛んでいった。

一方、船尾半分に取り残されたロゥリィの戦いは続いていた。

ロゥリィはそれほど手間取らずにギルドの少年達の戦意を喪失させ、あるいは気絶させた。

そうして戦いに一区切りをつけたのだが、更なる敵が彼女の前に立ち塞がった。

アトランティア海兵を満載した短艇が、水面を埋め尽くすように押し寄せてきたのである。

「あらぁ、今度は貴方達ぃが遊んでくれるのねぇ！」

戦いは当分終わりそうもない。そのことを悟ったロウリィは、にんまり微笑むとハルバートを担ぎ上げるようにして振りかぶった。


「くそっ、敵は暴徒ではないのか⁉」

アトランティアの兵士達は少なからず混乱に陥っていた。

彼らは誰を、何を相手にするのか教えられていなかったので、勝手に暴徒の類が相手だと決め付けていたのだ。だから騒乱の中心に黒い神官服を纏った幼い少女がいるのを見つけると、戸惑ってしまったのである。

ロウリィは跳躍すると、スカートを翻して海兵達の乗る短艇の舳先に降り立った。

「お、お嬢ちゃん？　どこの神殿の娘だい？」

「わたしぃはロウリィ・マーキュリー。暗黒の神エムロイに仕える使徒よぉ」

「し、死神ロウリィ⁉」

丁寧な挨拶の直後、海兵達は暴風のようなハルバートの回旋に吹き飛ばされる。兵士達は柄の打撃を受けて海へと叩き込まれた。

その光景を見て、パニックに陥る兵士達。

「お前達、冷静になれ。相手はたった一人だぞ。取り囲むんだ！」

アトランティア海兵隊の百人長トッカー海尉が慌てふためく兵士達に矢継ぎ早に指示をする。すると兵士も、船の舷を並べて突き進んだ。槍を揃えて突き出し、腕に覚えのある戦士は舶刀《カトラス》片手に船上の一騎打ちに挑んでいく。

しかし少女は鋭い剣の切っ先を薄皮一枚で躱し、剣刃を潜り抜けると、ハルバートの柄で払い、突き、刀斧《とうふ》を叩き付けた。

「矢だ、矢を射かけろ」

黒い神官服の少女に、矢が降り注ぐ。

だが少女はハルバートを回旋させ、いとも容易く矢を払った。

アトランティアの兵士達は悪夢でも見ているような気分になった。正規軍の精鋭がたった一人――もとい、一柱を相手にまったく歯が立たないのだ。

少女は揺れ動く舟から舟へと跳躍し、渡り、兵士達の隊列をあたかも木の葉でも掃くように薙ぎ払う。亜神なんかに敵うはずがないという思いが兵士達に退却指示を期待させる。だが安全な遥か後方にいる提督は「敵を捕らえろ」と叫ぶだけだ。

「くそっ！　そんなに簡単だと思うなら、自分でやってみろってんだ！」

海兵の現場部隊を指揮するトッカー海尉は上官の無能を嘆いた。

「ひゃ、百人長、まったく歯が立ちません！」

副官の罵声も怒声も兵士の士気を鼓舞するには至らない。

トッカーは軍の上層部を怨《うら》んだ。自分達をあらかじめこの近くに配置したということは、何者かが襲ってくることを上層部は知っていたはずだからだ。

「あ、でも、亜神が相手ならば、我々では勝てないのも当然です。ここで退却しても責められずに済むのではありませんか?」

副官の言葉は、即効性の毒薬のごとくトッカーの身体に染み込んでいった。

確かに相手が亜神というのは撤退の言い訳になると思える。しかし実際にその言い訳を使った場面を想像しても、上官が「それなら仕方のないことだ」と素直に受け容れてくれる場面は思い浮かべられなかった。

「そういう訳にはいかないのが宮仕えの辛いところだな」

「でも、このままじゃ味方が!」

「分かってる。だから上手い手を考える……」

「どうやって⁉」

トッカーは考えた。

自分達をここに配置した上層部は、勝つことを求めている訳ではない。

勝利を求めているなら、あらかじめ相手が何なのかを現場指揮官に報せないはずがないし、相応の作戦も練ったはず。戦力や武器だって特別のものを用意したはずなのだ。

つまりこの騒動でトッカーに求められているのは、軍が出動したという事実を作ることと、相応の努力をしたのを衆目に示すことに過ぎないのだ。

「まずは火矢を放て！　周囲の船にも火を掛けるんだ」

トッカーは瞬間的に結論を出して命令を発した。

「そ、そんなことをしたら火が燃え移ってウルース中に広がってしまいます！」

このウルースでは船同士が鎖でがっちり固定されている。故に人々はあたかも陸にいるかのごとく過ごすことが出来るのだ。

しかしこれには弱点もあった。それは火である。船は全てが木で出来ているため、火事を起こせば周囲に燃え広がってしまうのだ。

「だから、火を着けたらこの船区はウルースから切り離してしまえ。あの亜神と一緒にな！」

どうせこの騒ぎで近くの住民は避難している。巻き込まれる者もいないはず。船を失う船主にとっては不幸だろうが、悪いことは何もしてないのに悲惨な目に遭ってしまうのもまた人生だ。

「思い切った手を使いますね、隊長。しかし了解しました」

副官はトッカーが何を企図しているのかにようやく気付いた。戦うのではなく、戦っているどころの騒ぎではないという状況を作ろうとしているのだ。

副官は直《ただ》ちにトッカーの命令を実行に移した。

兵士達は力押しを中止すると、敵の少女に向けて火矢を放ち周囲の船にも火を放つ。ウルースを構成する木造の船はよく燃える。手入れがされていない索具《ロープ》などは、干からびていい具合の着火具となる。そのため周囲はたちまち白煙と炎熱に覆い尽くされた。そして炎が広がらないよう、この船区は直ちに切り離された。兵士達の手で鎖が外され周囲から隔離されていく。

「隊長、これで戦いどころじゃなくなりますね！」

副官が辺りに立ちこめた白い煙に咳き込みながら言った。

「ああ、俺が求めていた通りだ！　相手が俺の思った通りの亜神なら、きっと同じように考えてくれるはずだ。戦いはこれで終わる！」

トッカーは煙の薄膜の向こうで暴れる黒い神官服の少女を見る。

すると少女もチラリとトッカーを見て、視線を合わせてきた。

彼女は何かを悟ったのか微笑む。そして彼が期待した通り、煙に閉ざされる視界の中で跳躍し、兵士達の前から滲《にじ》むように姿を消したのである。

＊　　＊

火矢が飛び、兵士達の喊声《かんせい》がそこかしこで上がる。

周囲の船が炎上し、煙が立ちこめている様子を見た江田島は呟いた。

「三国志に赤壁の戦いというのがありましたが、きっとこんな光景だったのでしょうね」

「統括、何を呑気なことを言ってるんですか？」

徳島が呆れたように問いかける。

「いやあ、他意はありません。味方の船であろうと容赦なく火を着けて回る、アトランティア軍指揮官の思い切りのよさを称えたかったのですよ」

そんな中、ギルド船の船首側は惰性で水路を進んでいた。

若干の追い風もそれを助けてくれている。このまま進めば、どこか他所の船の横っ腹にぶつかるはずだ。

「オディールの奴、遅いな……」

向こう側で行われている一対大勢の戦いを見ながら、ドラケが祈るように呟く。もしあの黒い神官服の娘がこっちに飛んできたら戦いに巻き込まれてしまうだろう。そうなれば、沈んだも同然の残骸など一瞬にして吹き飛ばされるに違いない。

「来るなよ、来るなよ」

ギルド船の船首側は、時間を追うごとに沈んでいき、もうそのほとんどが水面下に呑み込まれていた。残すところ船の舳先の僅かな部分のみで、そこにみんなで寄り集まって何とかしがみ付いている状態なのだ。

「オディールに運んでもらうのはダメだったの？」

トロワがドラケに尋ねる。

するとドラケは素っ気なく答えた。

「あの細っこい身体で、人一人を運べると思うか？」

「無理……多分運べるのは赤子くらい」

「だろ？」

今や船の残骸は、沈むのが早いか、目標の船に接触するのが早いかという状況である。

「もう、飛び込んじゃったほうが……」

トロワが呟く。泳げない彼女がそれを口にするということは、つまり自分を置いて行けと言っているのだ。トロワは、自分のせいでドラケ達が飛び込めずにいると思っていた。

「大丈夫、待っていれば好機はきっと来るよ」

徳島はそう言うとトロワの頭を撫でてやった。

「ドラケーー！」

そしてその時だった。少し離れた水路に短艇が姿を現した。

見ればオディールが櫂《オール》を漕いでいる。

「オディール、待ってたぞ！」

ドラケが手を振ってオディールを迎える。そして彼女の操る短艇が船首部分に接したその瞬間、徳島が合図した。

「今だ！　乗り移れ！」

皆で一斉に短艇に乗り移る。

まず江田島が渡り、徳島からメイベルやトロワの身柄を受け止める。続いてドラケが乗り移った。

「な、なんとか間に合ったぜ。よくぞこんな短艇が見つかったな」

「誰も乗ってないのに漂ってたんだよ。それをちょっと借りてきたんだ」

オディールは操船に慣れてないのか、舟を安定させるよう櫂を操るのに必死だ。

彼女が持ってきた短艇は、アトランティア海兵隊のもののようだった。おそらく乗っていた兵士達はロゥリィと戦っているのだろう。

最後に乗り移ったのは徳島だ。徳島が船の舳先《へさき》を蹴るのとほぼ同時に、ギルド船の前半部は海面下へと呑み込まれていった。

「とりあえず、助かりましたね、統括」

飛び移った際、徳島は勢い余って短艇の底に転がってしまう。

「気を抜くのはまだ早いですよ」

江田島が、油断はまだ禁物だと気を引き締めるよう求めた。

だがその時、短艇の櫂を握っていたオディールが叫ぶ。

「ドラケ！　ギルド船の後ろ半分が沈んだ。パウビーノが溺れているよ！」

「何だと？」

見れば船尾側も、少し遅れて海に没したようだ。

辺りの水面を埋め尽くしているアトランティア軍の舟艇《しゅうてい》は、戦いに夢中になっていて彼らのことに気付いていない。

パウビーノ達は必死に海中でもがいているが、中には泳げない子もいる。泳げるパウビーノがそうした仲間を支えるものの、二～三人にしがみ付かれて一緒に溺れてしまっていた。

「行きましょう！」

江田島の言葉を聞いた徳島は、すぐに起き上がると短艇の底に置かれていた櫂を手にしたのだった。

＊　＊

アトランティアの王城船に舷《げん》を接している迎賓船マチルダ号は、国賓や海外からの使節を歓待するために建造された。そのため王城船にはない様々な設備が用意されている。会食用のホールや巨大な厨房などがそれだ。

だが、特に注目すべきは甲板に庭園が設《しつら》えられていることだろう。

要するに甲板に土を盛って、池や花壇を造成し、草花や芝生を敷き詰めてあるのだ。おかげでここが海であることを忘れて緑の景色を楽しむことが出来た。

実はウルースには同様の方法で、穀物や野菜といった農作物を育てている船があったりする。

その日、迎賓船の庭園甲板では、ティナエとシーラーフの使節団を招いた午餐《ごさん》会が開かれていた。

「先日は、王子の突然の病で大事な話し合いを中断しなければなりませんでした。その折、使節の方々から心の籠もった丁重なお見舞いを頂戴しました。私はそのことにとても感謝しています。本日は王子の快癒祝いとお見舞いのお礼、そしてご心配を掛けたお詫びを兼ねた宴を開きたく思います。どうぞごゆるりと楽しんでください」

レディは来賓達への挨拶を終えると、プリメーラに声を掛けた。

「姫は美食家で食道楽の趣味をお持ちだとか？　それならば帝国の宮廷料理のほうが良かったのでしょうけど、ここアトランティアではそれもままなりません。どうぞ不調法を許してくださいね」

レディは傍らに座らせたプリメーラに軽く謝る。

宴席には大量の料理が出されていた。豊富な海産物を中心とする海の民の料理だ。当然、宮廷料理だから豪華なのだが、その内容はレディから見ると帝都で出される料理には一段も二段も劣るように思われた。

特にゾルザルが皇太子として専横《せんおう》を振るい始めた頃の帝都の食文化は頂点を極めていた。レディもゾルザル主催の宴席に何度か招かれたことがあり、そこで食べた料理こそが最高だと思っているのだ。

　しかしながらプリメーラは、海の民の料理もまた十分に味わい深いと答えた。

「この料理も大変に素晴らしいですわ。特に香辛料をたっぷりと使用した味付けはこちらの気候にも合うのでしょうか、美味しく感じます」

　プリメーラ付のメイドがそう代弁する。

　だが、レディはお世辞だろうと思って真に受けなかった。何故なら、海の民の料理は海産物を発酵させたものを主食にしているため、匂い隠しに大量の香草や香辛料を使う。おかげで味に一癖も二癖もあったりするのだ。

　そしてレディはその癖が嫌いだった。

　実際、ティナエ、シーラーフからの使節団の顔付きを見ると、一口食べては眉を寄せていたり顔を顰めていたりする。

「やっぱり……」

　アトランティアは自分の国だが、こうなるともう引け目を感じてしまうのである。

「侍従長……」

　その時、近衛の士官がやってきて侍従長に耳打ちした。

「どうした？」

「どうも『カウカーソス・ギルド』の本部が亜神に襲われたようでして……」

迎賓船からも、南の方角で黒い煙が天へと上っているのが見える。火災が起きているようだ。侍従長はレディを呼び寄せて、小声で状況を報告する。

「警備兵は何をしているのです？」

「苦戦しているようです。相手が亜神ともなりますと、人間の手ではどうこう出来るものではありませんので……」

「致し方ありません。もうギルドの全てを接収してしまいなさい。これ以上訳の分からないことで優秀な賢者を失う訳にはいかないのです」

大砲、起重機、巨大船の建造技術といった新しい知恵をもたらしたギルドを、これまでレディはそれなりに尊重していた。しかしギルドの人間は変人ばかりで、なかなか彼女の思うような方向にエネルギーを使ってくれない。役に立たないばかりか、亜神に襲撃されるような危険な発明やら発見ばかりに意識を向けているのだ。

それを何とか止めさせたかったレディは、ギルドを強制的に解散、接収し、研究もその資産運用も全てを王室で管理することを計画していた。特に大砲と、その運用上欠かせないパウビーノの一元管理は、海賊達に対する統制管理という意味からも欠かせない。

「しかし、問題はパウビーノどもにどうやって言うことを聞かせるかです。何しろ分別というものがない年頃ですから」

「ギルドの者達はどうやって扱っていたのです？」

「それはおだてたりすかしたり、小遣いを与えるなどしていたようですが……」

「私はそのような甘い扱いはいたしません。忠誠心も分別もないというのなら、獣として扱えばよいのです。鞭《むち》を打って痛めつけてもよし、武器で脅すもよし、従順に従わせるためなら何をしてもかまいません。収容先はそうですね、近くにある兵営船のミニィ号をあてましょう」

「それでは、近衛兵はどうしたら？」

「新しい兵営船が出来るまでは、最寄りの兵営船に分散させておくしかないのではありませんか？」

「それでは士気に関わるかと」

「だからどうだと言うのです？」

「かしこまりました」

侍従長は恭《うやうや》しく一礼すると、女王《ハーラム》の命令を実行するために席を立った。

そのまま侍従次官の元に向かうと、「薬でも使いますか」「それがよいでしょう。しかし嫌がる者にどうやって吸わせるのです？」「窓を閉じた部屋に押し込めておき、そこで魔薬を焚《た》けばいいのですよ」「おお、それはいい方法です」などと囁き合っている。

そうしてレディの左右が手薄になった瞬間、不意打ちのようにシャムロックが言葉を投げつけた。

「ところで、我々の申し出をご検討いただけたでしょうか？」

ティナエの使節団は一つのまとまりで食卓を囲んでいるから、プリメーラの傍らにいたのだ。

「検討とはなんでしょう？」

「海賊のことです。お考えいただく時間は十分すぎる程あったかと思いますが」

功を逸《はや》ったシャムロックが、時も場所も弁《わきま》えずに答えを求めたのだ。

「お待ちください、シャムロック十人委員。ここは宴の場、政《まつりごと》に関わる話はしないのが礼儀というものではありませんか？」

侍従次官のセーンソムがそれに気付き、レディを守ろうと慌てて戻ってきて口を挟む。

「女王陛下《ハーラム》はこの十日間、王子殿下の看護に徹しておられたので、他のことを考える時間がなかったのです」

しかしレディはシャムロックの挑発に乗ってしまった。

「以前も申し上げましたが、我が国と海賊とは無関係です」

「しかしながら証人の存在はどうされます？　我が国としては、これらの証人を証拠にアヴィオン七カ国、それと碧海沿岸諸国にアトランティアが国を挙げて海賊をしていると、批難させてもらってもいいのですよ。交易の停止を考える国も出てくるでしょう。そうなった時、困るのはどこの国でしょうか？」

レディはシャムロックにいいように言われてしまった。

何よりも困ったのは、皆がこのやりとりに注目していることだ。

このままでは一方的にやり込められたという印象が、賓客達の間に残ってしまう。アトランティア・ウルースという国で、「この君主は弱い」と思われることだけは避けなければならない。少しでも弱いと思われたら、民がウルースから逃散《ちょうさん》してしまう。

「分かりました。シャムロック十人委員がそこまでおっしゃるのなら……皆の者、これより重大な発表をいたします」

レディは立ち上がると、皆に注目を求めた。

「女王《ハーラム》陛下。どうされたのです？」

侍従長と大臣達閣僚が集まってくる。

「今、アトランティア・ウルースは身に覚えのない嫌疑を受けています。それは我が国が海賊を操ってアヴィオン海の通商を混乱させているというものです」

すると宴会の来賓達は一斉に不満そうに唸った。

「ここにいる者達なら承知していることでしょうが、アトランティアの民が海賊であったのは昔のこと。今では交易、漁労、養殖、物流、海上の警備といったものを生業としています。それで我がウルースは十分に潤っているのです。なのに、海賊と手を組んでいるだなんて侮辱にも等しいことです。そこで、そのような侮辱的な嫌疑を払拭するために、私はティナエとシーラーフの両国に提案をいたします」

「それは？」

「それは私達三カ国が共同で艦隊を出し、海賊を一掃する討伐作戦を執り行うのです。そうすれば、疑念も濡れ衣だったと証明することが出来ましょう」

「なんと！」

宴席の賓客達が驚きの声を上げた。侍従長、侍従次官、そしてティナエ、シーラーフの使節達もだ。もちろんシャムロックも、驚きを隠すことに失敗していた。

その顔を見て、レディは胸のつかえが下りていくのを感じた。

この男を驚かせることに成功した。逆にやり込めてやったという爽快感で、胸がすかっとしたのである。

全てはヴェスパーのおかげだ。だからあの憎くも可愛い男に、レディは胸の内で感謝を捧げるのだった。

「くそ、まさかあんなことを提案してくるなんて……」

祝宴を終えてオデットⅡ号の自室に戻ったシャムロックは、地団駄を踏んで悔しがった。

＊　＊

「追い詰められた相手が、こちらの思惑通り、何の抵抗もせず降参するだなんて思うほうが軽率なのよ。追い詰めれば相手は必ず起死回生の逆転を狙ってくるものよ……」

秘書イスラは雇い主を揶揄《やゆ》する。

「悔しいが、確かにお前の言う通りだ」

「あら珍しい。妙に素直じゃない」

「ああ、悔しがってばかりもいられないからな。だが、相手がその手で来るならこちらにも考えがあるぞ」

「考えって何？」

「どうせレディ女王《ハーラム》は、三カ国で海賊討伐だなんだと言いながら、何もしないか、あるいは適当に海賊船を一～二隻沈めただけで終わりにしようとするつもりだ。もしくは作戦を知る立場を利用して、自分の息のかかった海賊達を逃がしてしまうこともある。だから海賊討伐軍の主導権はこちらが握る」

「どうやって?」

「作戦の参加をアヴィオン七カ国全てに求めるんだ」

「随分とたくさんの艦隊になるわね」

「そうなれば、作戦の主導権はアトランティアのものではなくなる。もちろんレディには反対できない」

「船頭多くして船山に登る、ってことにならなければいいけど……」

「あの女王《ハーラム》に主導権を握られるよりはよっぽどマシだ」

シャムロックは動いた。レディの発案に対抗して、アヴィオン諸国七カ国を含めた計八カ国による海賊討伐を提案したのである。

08

「で、どうしてこうなる!?」

ドラケは木製のテーブルを叩きながら叫んだ。

場所はアトランティア軍の幾つかある兵営船の一つ。その薄暗い多用途の船室は今、取調室として使われていた。

「仕方あるまいよ、ドラケ船長。君は騒乱の中心にいたんだから」

トッカー海尉は肩を竦《すく》めた。

「それはそうだが、俺達がギルドの船を沈めた訳じゃないだろう！　なのにどうしてこんな扱いをされなきゃなんないんだ⁉」

ドラケは徳島達とともに溺れていたパウビーノ、ギルド船の乗組員、そして若干名のアトランティア軍兵士を短艇に救い上げた。だがその功績に対し、アトランティア軍はこのような形で報いた。ドラケは武器を構えた兵士達に取り囲まれてしまったのだ。

「生き残ったパウビーノ達はこう証言しているぞ。君達とともにあの亜神が襲ってきたと」

「つまり何か？　この俺がロゥリィ・マーキュリーの手を引いてきたってことか？」

「そうは言わない。だが何らかの関与があるのではないかという疑いがどうしても出てきてしまうんだ。それにだ、君はどうして今回の襲撃者がロゥリィ・マーキュリーだと知っている？」

「何がだ？」

トッカー海尉の質問の意味が分からず、ドラケは瞼《まぶた》を瞬かせた。

「我々ですら、自分達が何と戦うのか知らされていなかった。なのに君は相手が誰かを知っている。つまりあの亜神の知り合いということだろ？」

どんどん自分にとって不利な理屈が積み上げられていく。ドラケは慌てて否定した。

「俺はトクシマにあの娘が誰だか教えられただけだ！」

「ふむ、ではそのトクシマとやらはどこにいる？」

「……」

海兵に包囲された時、徳島達はいつの間にかいなくなっていた。だがそれを知った時、ドラケは抜け目ない奴らだと頼もしく思った。徳島は海賊に向いている。何としてもオディール号の司厨長にしたいという気持ちが強くなった。

「そのトクシマとやらが、あの亜神を手引きした可能性はどうだね？」

だが、事態がこうなってくると疑念は徳島達に向かった。

ドラケは冷静に黙考した。

そもそもドラケはこの『カウカーソス・ギルド』に来ることを、事前に計画していた訳ではない。徳島達三人をオディール号の客人として迎えて、トロワに引き合わせ、それからの話の流れでアトランティア・ウルースに針路を設定したのだ。

つまり徳島達三人は、目隠しされて連れてこられたようなものなのだ。それでいて誰かを手引きするなど果たして出来るだろうか？

ドラケは結論を出した。不可能だ。

「多分、偶然だ……」

ドラケ達は偶然、ロゥリィ・マーキュリーのギルド襲撃に出くわしたに過ぎないのだ。

「本当かね？」

「相手は超有名亜神だぞ。名前だけなら俺ですら知ってるエムロイの使徒だ。だからあちこち旅していたあいつらが顔を見知っていたとしても不思議はない。俺達がギルドを訪ねていった理由は、トロワという娘っ子のことをギルドの大総帥と交渉することだったんだ」

「ふむ、なるほどな。君の言葉に筋道が立っていることは認めよう……だがそれなら彼らはどうして逃げた？」

「そりゃ、海兵に包囲されそうになったら逃げるのは当然だろう？」

善良な市民なら逃げないのが正解だろうが、ドラケ達は海賊なのだ。そもそもドラケ自身が逃げ遅れたこと自体、間抜けと誹《そし》られても仕方のないことなのだ。

結局その日の夜にドラケは釈放された。ギルド襲撃に関与していないという主張が認められたのだ。

「ドラケ！」

兵営船の舷門では、オディール達が待っていた。航海士のスプーニやパンペロ、事務長らの姿もあった。

「お前達、雁首《がんくび》揃えて一体どうしたんだ？」

「どうしたじゃありませんよ、船長！　オディールから船長が捕まったって聞いたもんですから、すっ飛んできたんです」

「そうか、心配掛けたな。だが安心してくれ。見ての通り解放された。ところでトクシマ達は船に戻ってるか？」

「いや、戻ってないよ。っていうか、料理対決で勝ったら密偵だと密告されて、死刑にされそうになって、その上亜神の襲撃に巻き込まれて、乗っていた船が沈みかけて。しかも海兵に捕まりそうになったなんてなれば、普通の神経の持ち主なら二度と戻りたくないって思うわね」

オディールは、徳島達がどれ程の災難を体験したかを指折り数えた。

「そりゃ仕方ないよな。奴を司厨長にするのは諦めるしかないか。便りがないのも無事な証拠と思うことにしよう。帰るぞ、お前達」

「ラーラホー船長！」

だがその時、ドラケが首を傾げた。

「ちょっと待て、トロワはどうした？」

そう言えば、パウビーノの少女がいない。彼女はドラケやオディールと一緒に海兵に捕らえられたはずだ。

「まだ取り調べを受けているのか？　それともエダジマが連れて行ったとか？」

事務長達は、誰が話すのかと互いに見合っている。

「どうした？」

ドラケが促すと、オディールが口を開いた。

ギルドのアトランティア本部船が壊滅したのをきっかけに、ウルースの王宮がギルドの全施設を接収し、大砲とパウビーノの直接管理に乗り出した。そのためトロワは連れ去られてしまったという。それどころか、オディール号に配属されていたパウビーノ達十人までもが軍の施設に引っ張られてしまったのだ。

「一体どうなってるんだ？」

「なんだか奴ら、まるで待ち構えていたみたいにやることが早いんだ」

「分かった。子供達はその軍の施設とやらにいるんだな？」

一度はオディール号に向かいかけたが、ドラケは踵《きびす》を返してパウビーノ達が連れていかれた軍の施設船へと進路を変えたのであった。


陸地のないアトランティア・ウルースでは兵士の訓練は船上で行われる。

とはいえもともとが海賊だけに、船の上での戦闘はお手のものだ。広めの甲板のある船を用意すればそこが戦闘訓練場となるし、兵営にもなる。

これまではレディの住まう王城船の近くにある巨船が、兵営船の一つだった。

だがそれが明け渡され、代わりにその船にはアトランティア・ウルースの十カ所以上にある、ギルドの支部船に分散していたパウビーノ達が集められつつあった。その数は合わせて百人以上。地下組織を自称する団体がよくぞこれだけの子供達を養っていたものだと思わせる数である。

「なんで俺達がこんなところに来なきゃなんねえんだよ!?」

「そうよそうよ！」

強制的に住処を変えさせられた少年少女達は、口々に不平不満をぶつけた。

彼らは、突然やってきた兵士に「お前達、ちょっと来い」と言われて、有無を言わさずこの兵営船に連れてこられたのである。訳が分からないどころか、兵士になることを強制されているような気分になった。

「お前達は今日から女王陛下《ハーラム》に仕えることになるのだ！」

その上で、年配格の下士官が偉そうに言うので、かえって反感を煽る形になる。下士官は自分の権威に子供達がひれ伏すとでも思っていたのだろうが、そんなことで彼らの反発が収まるはずもなかった。

「そんなの、聞いてねえぞ！」

「横暴だ！」

兵士達が子供達に鋭い切っ先の船刀《カトラス》を構えた。

「女王陛下《ハーラム》のお召しに逆らうつもりか？」

対する子供達はそれを見て一歩退いた。そして兵士達に脅《おど》されながら、イヤイヤながらも列を作って宿舎へと向かったのである。

そんな光景を遠目に見ていたドラケは憤りを感じた。

そして兵士達を指揮する隊長格の人間を見つけて声をかける。すると隊長は邪魔をするなという響きのある声で返事をしてきた。

「俺はトロワという少女を探している。ここに連れてこられたと聞いた。俺の船に乗っていたパウビーノ達もここに集められたと聞いてる……」

「何の用だ？」

「貴様は何者だ？」

「ドラケだ……」

するとすかさず事務長が補足説明した。

「ドラケ海賊団頭目ドラケ・ド・モヒート。アヴィオン海の海賊七頭目の一人に数えられているお方だ」

「ほう？　そうか」

すると不思議なことに隊長は態度を改め、話を聞く姿勢を見せた。

「探しているのはトロワと言ったな？　だが名前を言われても分からん。管理番号を言え」

「確か……」

「８４５９よ」

ドラケは番号なんて記憶していないのでオディールが続ける。更に事務長がオディール号に乗り込んでいた十人のパウビーノ達の番号についても告げていった。

「８４５９か、８４５９か……」

番号が８０００番台だからといって、パウビーノが八千人以上いる訳ではない。ギルドの連中のやることは常に誇張的で大仰なので、実際に数百人程度であっても整理番号とかいう名目で数字を膨らませているのだ。

そのため名簿に指を走らせていた隊長はすぐに該当する番号を見つけ出した。

「ふむ。８４５９号なら確かにいる。女だな？　ならば兵営船の二号区画だ」

「その二号区画ってどこだ？　彼女に会わせてくれ。俺の船に配属されていたパウビーノ達も取り戻したい」

すると隊長は頭を振った。

「ダメだ、船長。もしかして貴公は通知を読んでいないのか？」

「通知？　知らん。俺は自分の船から子供達が突然連れ去られたとしか聞いてないんだ」

「そうか……なら、これを読むことをおすすめする。ここに写しがある……」

隊長は一枚の書簡を差し出した。

それはアトランティアの女王《ハーラム》が海賊達に発した布告であった。

内容は、海賊達にアトランティア海軍に参加するよう要求する檄文である。

もし拒絶するなら、貸し出している大砲とパウビーノを引き上げるとあった。ドラケの船からパウビーノが連れ去られてしまったのもその布告のせいらしい。

もしアトランティア海軍に参加し、女王《ハーラム》の命令に従うならば、軍人としての待遇を受けることが出来る。海賊の頭目も配下の数に応じて艦長、戦隊長、提督として遇される。もちろん大砲やパウビーノもこれまで通り貸与されるという。

どうやらドラケが名乗った途端、目の前の隊長が態度を変えたのもこれのせいらしい。アヴィオン海海賊七頭目に数えられる規模の配下を従えているドラケならば、海軍に参加したら間違いなく提督に任ぜられるだろう。そうなれば、小部隊の陸戦部隊長など顎で使える立場になる。今後のことを考えると、卑屈にならない程度に礼儀正しく振舞うぐらいのことは、しておいて損はないのだ。

「こりゃすげえや。俺達が海軍の軍人かよ……」

「頭目……じゃなくて、これからは大提督ですね。はっはー」

航海士のスプーニやパンペロ、事務長らが無邪気にはしゃいでいる。だがドラケは彼らと同じように喜べなかった。

「どうしてこんなことを？」

「女王《ハーラム》陛下の御心を私が知る訳ないだろう？　軍人として命令に従うまでだ。それで船長、貴公はどうするつもりかね？」

問われてドラケは考え込んだ。

アトランティア軍に属せば、先の保証のない無頼漢の人生から国の軍人になれるので、将来は安泰になる。根無し草の人生とおさらば出来るのだ。

しかし同時に自由を喪失してしまう。今までのように、戦いたい時に戦い、遊びたい時に遊ぶということも出来なくなる。厳正な規律の下、誰かの命令に従って他人のために命を懸けなければならない。戦いたくもない相手と戦わなくてはならないこともある。

問題は、命を懸けてもいいと思える程、アトランティア・ウルースに愛着があるのかだ。もちろん、先の見えない海賊人生をいつまでも送っていていいのかという問いもある。

どちらを選ぶべきか、ドラケは配下に問いかけることにした。

自分の身柄のことは自分だけで決めてもいいが、配下の将来まで勝手に決めるつもりはない。今後どうするかは、乗組員達がそれぞれ自ら判断しなければならないのだ。

＊　　＊

徳島と江田島とメイベルの三人は、騒動の後、アトランティア・ウルースを歩き回っていた。

とはいえ、あてどなく歩き回っていた訳ではない。船が舷を連ねて作り上げたこの特殊な街で、江田島は何かを探しているかのようだ。

「統括、トロワのこと、よかったんですか？」

「あんまり長く一緒にいると情が湧いてしまいますからねえ。私達が娘を探しているというのは作り話でした。その嘘に長々と付き合わせてしまうのも、申し訳ないじゃありませんか？」

トロワは、江田島達が黙って逃げたことに驚いていた。

自分が置き去りにされたのだと悟って、彼女は今、怒っていることだろう。あるいはがっかりしているかもしれない。もしも泣いていたとしたら申し訳ないばかりだと江田島は呟いた。

「手遅れだと思うがなあ」

だがメイベルは言う。メギド島からアトランティアまでの短い航海期間だったが、その間にトロワは江田島に期待してしまった。そして今頃は裏切られたと思っているはずだと。

「ですかねぇ……」

　江田島も浮かない表情だ。

「一言くらい残してもよかったと思いますよ」

「そんな余裕はなかったじゃありませんか？　あのままあそこにいたら、アトランティアの兵に捕らえられて今頃事情聴取の真っ最中です。その後はきっと牢獄に入れられてもっと面倒なことになっていたはずです。……ええ、そんなのは言い訳にもならないと重々承知ですが……。とにかくトロワという少女の心に、深い傷を残すことにならないようにと祈らずにはいられません」

　江田島はそんなことを言いながら進む。やがてウルースの外縁に近い、比較的新しい船のある船区に入った。

「なんかここの雰囲気ってアルヌスに似てますね。建物じゃなくて船の群れだから、似るはずもないのですが、何ていうんでしょう？　空気感が澄んでいるとでもいうような……」

　徳島の感想に江田島が答えた。

「きっとこのウルースでは、新参者はここに集まるからなのでしょう」

「新参者ですか？」

「ええ、この船区はウルースに繋がれて日の浅い船ばかりです」

見れば、船の索具《ロープ》や帆もまだ使えそうだ。

船同士を繋ぐ鎖も錆びていない。磨かれたように光っているものまであった。

「アルヌスは外来者が住み着いて出来た街ですからね、そうした新鮮な集まりが放つ活気のような気配が似ているんでしょう。ここの住民が特定の種族や民族に偏らない感じもあるんでしょうけれど。おかげで我々のような見慣れない人間が入り込んでも、それほど目立たずに済むという訳です」

江田島は周囲をキョロキョロと見渡して宿泊できる施設を見つけた。

「あれが宿のようですね」

このウルースでは人々の識字率がよくないらしい。そのため商売の看板などは、図や絵を用いて何を扱った店かが示されている。

その店には寝台を意匠化した看板が掲げられていた。まさかベッドを売っている店とも思えないから宿屋なのだろうと当たりを付けた。

宿を決めると次は食事である。

「ここなんかどうですか？」

食事をする店を探すにあたっては徳島が天才的な嗅覚を発揮する。料理をしている匂いに敏感なのだ。

だが江田島は頭を振った。

「待ってください、別の店にしましょう……あ、ここです。ここにしましょう」

江田島は食堂の並ぶ甲板を行き来して、やがて小さな露店を選んだ。

「この店の看板は、私達がアトランティアに到着して最初に立ち寄った店と同じものです。ここで食事を注文した後コイン三枚とナイフとをテーブルに並べたら、店員がやってきて『カウカーソス・ギルド』の在処を教えてくれるはずですよ」

「あ、なるほど……」

徳島は江田島がこの店を選んだ理由に納得した。

ギルドはウルースに何カ所も支部を持っていると言っていた。きっとそれぞれの支部に対応する店が、同じ看板を掲げているのだろう。

三人が食卓に着くと、程なくして声を掛けてくる者がいた。

「久しいな」

振り返るとターバンを頭に巻いた女性が立っていた。

「ここにおいでででしたか、ヤオさん。一軒目で会えるとは幸いです」

すると江田島が待っていたかのように立ち上がる。

その女性――ヤオは外套とターバンを取り払い、風貌を明らかにした。褐色の肌と笹穂耳《ささほみみ》を持つ美しい顔が露《あら》わになる。

「探していたのか？」

「探してはいませんでしたが、もしかしたらと期待はしていました。ドラケさん達とあの店に入った時、私達を監視する目が二対ありました。それは貴方とロゥリィさんでしょう？　跡を付けてきているようでしたので、何が起こるだろうかと気に掛けていたのですが、まさかあのような襲撃を仕掛けるとは思いもよりませんでした」

おかげで大変な目に遭ったと江田島が言うと、ヤオは降参したように両手を上げた。

「その手の苦情は聖下に直接言ってくれ」

ヤオが聖下という言葉を口にした途端、メイベルがぎくりと身を固くし脂汗を流し始める。

「い、今奴はおるのか？」

「安堵されるがよい。聖下は所用で別の所におわす」

「そ、そうか」

あからさまに安堵するメイベルに、ヤオはじっとりとした視線を浴びせた。

これがかつて自分達に対して様々な妨害工作を仕掛けてきた亜神か、という思いが否めないのだ。関わったことで道を踏み外した者も少なくないため、ヤオのメイベルへの印象は非常によくなかった。そのせいで彼女を保護する徳島に対する印象も若干低下している。いわゆる、誑《たぶら》かされているという評価だ。

「ところで、御身達がこの場所に来たということは……ギルドが目的か？」

江田島は首肯した。

「ええ、そうです。しかし私が関心を抱いているのは、ギルドそのものではなく、ギルドを隠れ蓑に活動しているであろう人物です。それこそが我々の目標とする人物ないし、組織の一員である可能性が高い」

「そしてそれこそが、聖下が真に狙うべき人物ということか？」

「おそらくは。その者さえいなければ、ここにあった『カウカーソス・ギルド』とやらはロゥリィさんが出向かなくてはならない程の発明品を作ることも、発見をすることもなかったでしょうからねえ」

「つまり、その人物が逃げ延びたとしたら、たとえギルドを潰したとしても……」

「ええ。またどこか別のところで同じことを始めるでしょう」

「しかし問題の『カウカーソス・ギルド』だが、どうやらこの国の王室に、施設も人員も接収されてしまったみたいだぞ」

「なんですって？」

「此の身はあの時、聖下のご指示でギルド本部船近くに隠れて本部の様子を監視していた。聖下の襲撃を味方の支部に報せようと飛び出していく者を追跡するためだ」

「すがり追いですね？　私もその手はよく使います」

「おかげでこのアトランティア・ウルースにある支部の位置が分かった。だが、程なくしてその支部はなくなってしまった。アトランティアの兵がやってきて、子供達や研究員を根こそぎ連れ去ってしまったのだ。此の身がここにいるのも、まだ軍に接収されていないギルドが残ってないかを探しているところだったからだ……」

江田島は瞳を輝かせた。

「なるほど、これは好機かもしれませんね」

「好機？」

「私が為政者だったらと考えると、亜神に襲撃されるようなことをやっている組織を、まるごと取り込んだりは決してしないからです」

もし接収する必要があるとしたら、それは自国にとって益のある部門だけにする。例えば大砲の製造やパウビーノの育成管理、造船技術の研究といった実用的な部分だけだ。

これからアトランティア・ウルースの王宮は、ギルドにあったものを漁って役に立つもの、立たないものの分別を始めるだろう。それはつまり、ギルドの深奥部に隠されていた全てが掘り返されて、陽の光の届くところに曝されるということだ。

役に立たなかったり、危険な研究や人材だったりはいずれ排除されるだろうが、そんな分別作業は一日、二日で出来るものではない。

「ヤオさん、ここは一つ協力し合いませんか？　今なら全てが一カ所に集められているでしょうから」

このタイミングなら、ギルドに隠れていた『目標』を見つけることも容易いはずだ。

「聖下のお役に立つことが、此《こ》の身《み》が主から受けている命令だ。聖下も、ご自身の目的に適《かな》う依頼ならば喜んで手を貸すだろう。そして御身はそのことをちゃんと弁えている。その上での要請なのだから、此の身に拒む理由はないな」

ヤオはそう言って、江田島の求めに頷いたのである。

09

『会議は踊る、されど進まず』

こんな言葉が歴史の教科書に載っている。

時は近世ヨーロッパ。調子に乗って戦争をしまくっていた暴れん坊皇帝ナポレオンが、高転びに転んでエルバ島に配流《はいる》された後、ウィーンでは後始末のための会議——つまりヨーロッパの秩序再建と領土分割を話し合う『ウィーン会議』——が開かれたのだ。

だが、会議は数ヶ月を経てもなかなか終わらなかった。参加した各国の利害が衝突していたからだ。

会議の構成員は、列国の君主あるいは高位の貴族、そしてそれを取り囲む廷臣《ていしん》、軍人達。そのため華やかな舞踏会が連日開かれて、『会議は踊る、されど進まず』などという皮肉めいた名言が後世に残されることとなったのである。

それと似たような現象が、ここアトランティア・ウルースでも起きていた——その催しは後に『アトランティア会議』と呼称されることとなる。


「統領《ドージェ》閣下、遠路遥々よくおいでくださいました」

カイピリーニャ艦長率いるティナエ海軍所属エイレーン号が、アトランティア・ウルースに到着した。オデットⅡ号の右側に接舷したエイレーン号に舷梯《げんてい》が渡されると、ティナエの統領《ドージェ》ハーベイ・ルナ・ウォールバンガーが供を引き連れて渡ってきた。

「シャムロック十人委員！　出迎えありがとう」

ハーベイはシャムロックの姿を見つけるなり親しげに声を掛けてきた。

「申し訳ありません。お嬢様のみならず、統領《ドージェ》にまでお越しいただくことになってしまい……」

「いや、列国の元首が一堂に会して話し合うとなれば、私が出ない訳にもいくまい」

ハーベイは近くに停泊する他国の船を見渡す。するとアヴィオン海七カ国の船が勢揃いしていた。

「レディ女王《ハーラム》に主導権を握らせる訳にはいきません。そのためこのような方法に持ち込むしかありませんでした……」

ハーベイは労うかのようにシャムロックの肩を軽く叩いた。

「シャムロック。君の手紙は読んだ。よくぞやってくれたという思いだ」

アヴィオン海に跳梁《ちょうりょう》する海賊の問題は、通商で成り立っている各国にとっても大問題だ。

にもかかわらず、これまで各国が連携して対応しようとしてこなかったのは、それぞれの力関係や通商上の権益、利害と深く絡み合っていたからに他ならない。他国の損は自国にとっての利益。そうした状況下で互いに様子を見ているうちに、結局全員が損をしてしまったのだ。

だが、アトランティア・ウルースのレディが共同作戦を提唱し、レディに主導権を握らせまいとしたシャムロックが、八カ国全てによる連合作戦への拡大を主張したことで、状況は一転した。どこか一国に得をさせまいとする国々がたちまち集まったのだ。

使節達を迎賓船へと招いたレディは、彼らを前に、提案がありますと早速切り出した。

「海賊討伐が済んだ暁《あかつき》には、最大の功績を挙げた国が全てを獲得するということにしませんか？」

突然何を言い出すのだという顔をした使節達を代表して、シャムロックが問い返した。

「す、全てとおっしゃいますと？」

「平和が成ったあと、碧海の通商航路の利用権は誰が握るのでしょう？　海賊達の隠した財宝は誰が我が物とするのでしょう？」

「ちょ、ちょっとお待ちください。あるかどうか分からない財宝については別にしても、通商航路の利用権は旧に復するのが当然なのではありませんか？」

シーラーフのデメララ男爵が常識を投げかける。しかしレディは首を傾げた。

「旧とは何時の時点でのことなのでしょう？　千年前ですか？　万年前でしょうか？」

「そ、それは……」

「皆は現実を見るべきなのです。旧などありません。今、アヴィオン海の覇権は、海賊が握っています。それが今なのです。そして海賊のものは海賊を倒した者が手にする。それが海での習慣でしたね」

「そ、それはそうですが……」

「ならば、海賊討伐で功績を挙げた者がそれらを得るのは当然ではありませんか？　今回の海賊討伐に最大の熱意を持っているのはどの国でしょう？　我が国ですよね？　事実、こうして海賊討伐の作戦を提唱し、会議を主催して皆を集めたのは私です」

するとシャムロックは負けじと言い返した。

「我が国の熱意も負けていませんよ。共同作戦の参加国をアヴィオン諸国全てにまで広げたのは私の提案です」

「そうでしたね。シャムロック十人委員は大変に熱意をお持ちでした。けれど、女王《ハーラム》の私が自らこうして会議に出席しているというのに、他国の方々は使節しか寄越していません。政府の本気度が問われる事態です。信用できません」

「我が国からは、プリメーラ様が参加していることをお忘れなく……」

シャムロックは、この場にいないプリメーラの名前を出してニンマリとほくそ笑んだ。

「そうですとも！　プリメーラ様は我がシーラーフの亡くなられた公子閣下の奥方で

すぞ」

デメララ男爵も、プリメーラの自国における立場を主張した。

だが、これを聞いて慄然《りつぜん》としたのは他国の使節である。このままではアトランティアとティナエに後れを取ってしまう。危機感に煽られた彼らは、急ぎ本国に高速飛脚船を向けたのだ。

するとしばらく時を置いて、続々と彼らの母国からの船が到着した。

国王、あるいは王太子、宰相といった地位を持つ者が、会議に出席するため海を渡ってきたのである。もちろん海賊討伐にどれだけの熱意を持っているかを示すためだ。

列国の王、宰相達が一堂に会するという煌《きら》びやかな光景に、レディは陶然とした。自分の権勢がここまで高まったのだと、家臣やアトランティアの国民に示すことが出来たからだ。

「皆がこれだけの熱意で挑むとなりますと、特定の一国が勝利の果実を全て掌握してしまうというのは理に適いませんね」

もちろん権勢に酔ってばかりではない。胸中で抜け目ない計略を練っていたレディは、皆を前にこう切り出した。

「ですが、それはそれで困ったことになります。何しろ海賊達を倒した後どうするか、これから決めなければならないのですから」

あらかじめ申し合わせていたかのように侍従長が問いかける。

「どうやって決めるのですか？」

「くじ引きかしら？」

「!?」

「ま、まさか!?」

ティナエ統領《ドージェ》のハーベイが言った。

「こ、このような重大な問題こそ、話し合いで決めるべきです」

「では……話し合いましょう」

こうして海賊の危機が去った訳でもないのに、列国は海賊討伐後の利益をどう分け合うかについて話し合わなければならなくなったのである。

アトランティア・ウルースでは、海賊討伐のための連合作戦会議が連日連夜行われている。

「帝国との北方通商路と、カザンの入港権は我が国のものである」

「いや、それはもともと我が国のものだった」

「しかし、今は利用されていないではないか」

「それは海賊に邪魔されて……」

「自ら保持できないものを、所有しているとは言えん」

各国の代表は、それまでの使節から、全権大使や外務大臣、更には元首や太子といった者に取って代わった。

そしてその強力な交渉力で海賊討伐後の利権分配を話し合う。

だが、結論はなかなか出ない。どこかの国が偏って利益を獲得するような結論が出そうになると、それに嫉妬した別の国が合意を覆《くつがえ》すからだ。

「我が国は、シーラーフの意見に賛成です」

「いや、反対だ!!」

相手の腹の内を読むために、密命を帯びた美姫が宴の席に放たれて諜報活動を行う。

そして王や閣僚や秘書官達は、酒を酌み交わしながら交渉と牽制、脅迫、多数派工作と離間策、買収、宣伝工作などあらゆる謀略を仕掛ける。またこの会議をきっかけに王侯貴族に取り入ろうとする者、立身出世を目論む者までもが集まってくる
おかげで華やかさばかりが増していき、時間だけが刻々と過ぎていく。

気が付けば会議が始まって既に二ヶ月が経過していた。海賊の背後でアトランティア

が暗躍していたという事実は、いつの間にかどこかに吹き飛んでしまったかのようであった。

「くそっ、あの女狐め！」

レディに主導権を握らせないためということもあったが、自らこの状況を作ることに加担したシャムロックは苦々しい思いであった。

今宵も、レディ女王《ハーラム》が主催する私的な午餐会が開かれていた。

会議が始まってから、このような宴は日夜必ずどこかで催されている。

別の所で他国の主催する宴が開かれるのも普通となり、一時はレディ主宰の宴会に人が集まらないという屈辱的な出来事も起こったりした。しかし最近は、再びレディの元に列国の元首達が集まるようになっていた。

元首達に交ざって、談笑しているハーベイの姿もあった。それを見たシャムロックは、次の会議でこちらの意向を通すのに苦労しそうだと頭を抱える。こうも貴族ばかりが集まると商人出身者はなかなか相手にしてもらえないのだ。

「シャムロック十人委員。今日はどうですかな？」

「これはデメララ男爵閣下。貴方こそ調子はいかが？」

シャムロックは、デメララと互いに拳を固め合った。

「おや、女王陛下《ハーラム》はどこに行くのでしょう？」

デメララは、シャムロックと挨拶しながらもレディの動きに注目していたようだ。

レディは侍従次官に何かを囁かれていた。そして挨拶に来ていた賓客に二言三言告げ、会場から出ていってしまう。

「さあ、何か裏方でトラブルでもあったのでは？」

シャムロックはデメララほどその動きに注目していない。宴席の主宰者ともなれば、様々な用件で呼び出されて、一つ所にい続けることなど無理なのが普通だからである。その動きやご機嫌の様子をいちいち気にしていては何も出来ないのだ。

「しかし、最近のアトランティアの宮廷料理は、びっくりするほどいい味になりましたな。あの独特の匂いがしなくなった。厩舎のそれとよく似た感じが、私はどうにも苦手でしてね」

男爵は手にした皿に盛り付けられた料理に舌鼓を打っている。

盛り付けられた皿から好きな食べものを好きなだけ取ってよいという、バイキングと呼ばれる食事形式も、これまでには見られなかっただけに見事であると称えた。

「さすがプリメーラ殿下が監修されているだけはあります」

そう、レディ主催の宴に客が集まるようになったのは、プリメーラが料理を監修するようになったからなのだ。

自分主宰の宴には人が集まらず、同時に行われた宴席には大勢が参加したと聞けば、さすがのレディも危機意識を抱いた。そこで女王《ハーラム》はプリメーラに料理の指導を頼み込んだのだ。

プリメーラも、そしてティナエ政府としても、今後の交渉で何かと有利になるかもしれないという思惑が働いて、この申し出を引き受けることにした。その成果がこれなのだ。

「出来れば、我が国主催の酒宴でも殿下に監修していただきたいくらいです」

デメララの言葉には、プリメーラはシーラーフにとって無縁な外国人ではないという思いがある。海賊との戦いで戦死した侯爵公子は、家臣や国民から人気があった。そのためその令夫人たるプリメーラへの親しみの感情もひとしおなのだ。だからプリメーラが故国に帰ってしまったことを惜しいとも思っていた。

「そう言えば、あの方がシーラーフにお輿《こし》入れにいらっしゃった時、手ずから作られたアントルメの馳走は大変に見事なものでありました」

「ほう、そんなにですか？」

「ええ、アレをきっかけに、シーラーフの上流階級では主宰者の細君《さいくん》の作った菓子を、食事の締めくくりとして客に振る舞うのが流行っています。残念なのは、必ずしも誠意に技術が追いついていないことですがね」

「なるほど……それは災難だ」

主宰者からの心の籠もったおもてなしだ。まさか不味いとも言えず、残す訳にもいかず、目を瞑《つむ》って鼻を摘まんで一気に飲み下すしかない。

その光景を思い浮かべたシャムロックは苦笑しか出来なかった。

「災難とは言い得て妙な表現ですが……私は同意しますぞ。では、例のベルドロイ港の共同利用の件ではしっかりと頼みましたぞ」

「ええ、お任せください」

シャムロックは自分の胸を叩いてデメララと別れたのであった。

ナポレオンがエルバ島を脱出するまで、ウィーン会議では何も決まらず決められず、堂々巡りにも似た会議と舞踏会が連日続いていた。

だが、ヨーロッパの王侯や顕官が、九ケ月にも亘って開いた催しが無価値であったかというとそうでもない。この会議をきっかけに大きな進歩がヨーロッパに起こるからである。

それは食文化の革命であった。

フランスの外交官タレーランが主催する晩餐会の食事は、彼の料理人アントナン・カレームが作ったものだった。後にフランス料理の巨匠として名を残す彼の料理によって、王侯貴族達はそれまでの食事では満足できなくなり、祖国に戻ってその美食の再現に勤しむようになったのだ。

今や世界三大料理と言えばフランス料理が必ず入るが、その理由もこの会議がきっかけだったのかもしれない。

そして同じことがアトランティア・ウルースでも起こりつつあった。

プリメーラの監修で出されるようになった料理は、王侯達の胃袋を鷲掴みにした。味の繊細さはもちろん、見た目も高貴さを感じさせる。これこそが王侯の食卓に並ぶべき料理であると思わせたのである。そしてこれによってプリメーラの名は、彼らの記憶に深々と刻み込まれることとなった。

アトランティア・ウルース迎賓船の厨房では、料理人達が忙しく働いている。

彼らを監督するのは、厨房の壁際に立つプリメーラだ。

彼女は決して料理上手とは言えないのだが、代わりに卓越した味覚と、食に関する知識、そしてセンスを持つ。そんな彼女が東京に滞在し、しかも徳島の下で過ごす中で、その食文化の影響を受けないはずがない。日本で磨き上げられたプリメーラの感覚は、アトランティア王宮の料理人達を手足のように使うことによって花開いたのである。

「姫様、いかがでしょう?」

料理長がプリメーラに小皿を差し出す。

載せられていたのは、一口サイズにされた魚介の煮凝《にこご》り寄せだ。プリメーラはまず見た目と香りを確かめる。そして口に運んで目を閉じた。

「…………」

例によって傍らのアマレットに囁き、代言してもらう。

「香草を利かせ過ぎです。香草を減らして、もう少し塩を足すようになさい。それと……」

「は、はい」

プリメーラのダメ出しに料理人は慌てて調理台に戻っていった。

「彼らはどうにも香草に頼る傾向が強いですね。それと塩をケチるところがあります」

プリメーラがアマレットに愚痴る。

「彼らは匂いの強い食材ばかり使ってきましたから、『香草は入れるもの』という固定観念の虜《とりこ》になっているのです。それと、こちらでは塩はとても高価だそうですね。節約したくなってしまうのでしょう」

更に言うと、発酵させた食材はそれだけでわりと美味であるため、特に手をかける必要がなかったのだ。

「そうですね……」

プリメーラは頷きながら周囲を見渡した。

「はい、そこの料理人、アントルメの準備を始めなさい！」

「は、はい！」

アマレットが手の空いた料理人を目敏《めざと》く見つける。そして食後のデザートの支度を開始するよう命じた。

狭い調理場で限られた料理人達を効率的に働かせる采配は、アマレットの独壇場だ。多数のメイドを指揮してプリメーラの生活を守ってきた彼女には、実に容易いことだった。

アマレットに仕切りを任せているおかげで、プリメーラは暇になった。

食後のアントルメは何を作ればいいか、またその際の注意事項も既に伝えてある。何かあればアマレットが指示するので、プリメーラのすることはほとんどない。

暇を持て余したプリメーラが何気なく厨房を見渡していたその時、厨房の片隅に不自然なところがあるのに気付いた。垂れ幕のようなものが下がっている部分の壁が、ガタガタと揺れているのだ。

「何かしら？」

プリメーラは引き寄せられるようにその壁に歩み寄った。アマレットは厨房の指示に夢中でプリメーラが離れたことに気付いていない。

どうも壁の近くにある調理台の位置が悪いらしい。

料理人が包丁を前後させる度に肘をぶつけ、その振動で壁が揺れているのだ。

けれど船の内壁がそんな安普請なはずがない。もし壊れかけているのならレディ女王《ハーラム》に伝えて修理をさせないと。そんな思いでプリメーラは壁に手を触れる。

するとその時、突然壁がパカッと割れてすっと黒い通路が開かれた。

「えっ……」

その向こうには、薄暗い通路があったのである。

「ここは隠し通路？」

プリメーラは興味に任せて通路の奥へ奥へと、どんどん踏み込んでいった。

通路が完全に闇に閉ざされていなかったのも、その興味を助長した。

所々に採光のための小さな窓があり、暗いといっても薄暗い程度なのだ。

途中で左右に折れたり階段を上ったりはしたが、複数の分岐があったり袋小路になっていたりということはない。プリメーラはさして怖い気分になることもなく、また引き返すきっかけもないままに行き着くところまで進んでしまった。

その通路の行き止まりは、壁だった。

だが壁といってもそこに隠し扉があることは、隙間から漏れてくる光が教えてくれる。

厨房と直接繋がる隠し通路の持ち主が一体誰なのか、プリメーラは大いに興味を抱いた。

きっとその人物は隠れて台所に行きたがる——つまり食いしん坊に違いない。

隠し扉の向こうに、人の気配がある。

衣擦れの音、羊皮紙を羽根ペンでひっかく音、そして会話をする声が微かに聞こえる。

プリメーラは息を凝らして壁に耳を付けた。

「女王陛下《ハーラム》……我々の呼びかけに呼応した海賊は、全体の六割とのことです」

「残りの四割はどうしたのですか？」

「彼らは海軍に属することを嫌って、各地に散っていきました。海賊を撃滅するための作戦がここで計画されているという噂も、それを後押ししたようですな……」

そのしわがれた声には聞き覚えがある。アトランティアの侍従長だ。そして続くのは女王《ハーラム》レディだ。

「仕方のないことです。で、我が海軍に属することになった海賊は何隻ですか？」

「二百隻ほどです。とはいっても半分以上が武装した商船に過ぎないので、戦力にはなりません」

「大砲を積んでいる船はどれくらい？」

「半数といったところでしょう？」

「百隻と考えて、大砲が二千。パウビーノが千人。今、ここにはどれだけありますか？」

「このウルースにある大砲は三百、パウビーノは二百人です」

侍従次官が告げた。

「それだけの数で、私の作戦は遂行できますか？」

レディのその問いに、プリメーラが聞いたことのない声の主が答える。

「とても無理です。アヴィオン七カ国が今回の作戦に参加させる艦の数は、合わせると三百を超えます。最近は他の国々も大砲を手に入れて配備し始めました。もちろん大砲の数では我が国にまったく及びませんが、それでも真っ向からぶつかれば苦戦してしまうでしょう」

「どうしたらアヴィオン七カ国の艦隊を撃滅できます？」

レディの言葉に、プリメーラは我が耳を疑った。海賊を討伐するためと称して自ら呼び集めた艦隊を、レディは『撃滅する』と言ったのだ。

「不意を突く、そして有利な態勢を作るの二つしかありません。それと大砲です。今よりも多くの数を揃えることです」

「ギルドを接収しました。現在全力を挙げて、大砲の生産とパウビーノの育成を急がせています。それでも間に合わないのですか？」

「大砲はなんとかなりますが、パウビーノがなかなか揃いません。もう少し時間を頂戴できますでしょうか？」

侍従次官が申し訳なさそうに言う。

「あちこちに人をやってかき集めていますが、魔導の才能を持つ者はそう多くないため、今は海賊達にそのへんの村落や町を襲わせています。少しでも才能のありそうな子供達を見つけたら、攫《さら》ってくるよう命じてあります」

「そんなことをしているのですか？　でも仕方のないことですね。……それで、時間があったらどうにかなるのですか？」

「強制徴募の対象を碧海の沿岸諸国にまで広げられますので」

「それで間に合うのですね、艦隊司令？」

「徴募に一ヶ月、訓練に一ヶ月……合わせて二ヶ月頂戴できれば、アヴィオン七カ国の海軍と正面からぶつかって、これを撃破できるだけの大砲を揃えてご覧に入れましょう」

「分かりました……」

プリメーラは背筋が寒くなった。レディはとんでもない陰謀を考えていたのだ。

「逃げなきゃ」

慌てて踵を返そうとする。しかし耳を押し当てていた壁に体重までも預けていたため、プリメーラの身体はその意に反して壁ごと部屋の中へと倒れていった。

「きゃ」

隠し部屋に倒れ込んでしまうプリメーラ。

その姿は、レディだけでなくアトランティア・ウルースの廷臣達にも曝《さら》されることになった。ただでさえ素面《しらふ》では他人に口を利けないプリメーラの声は、三人の冷たい視線の中でますます小さくなる。

「あ、あの、その……すみませんでした。盗み聞きするつもりなんて……」

「陛下……」

レディ達は秘密を聞かれた。

そしてプリメーラは、盗み聞きしていたことを知られてしまった。

「分かっています、侍従長。皆まで言わないでください。艦隊司令……貴方に二ケ月の猶予を差し上げると申しましたが、どうも撤回せざるを得なくなりました」

「分かっております。致し方ありません」

こうなってしまっては、お互いになかったことには出来ない。

そしてもちろん、後戻りも出来なくなったのである。

＊　＊

宴は続いている。

宴もたけなわに達すると、シャムロックは美しく着飾った美女達に囲まれた。

「シャムロック十人委員は、富豪なんだそうですわね」

「いえいえ、私の資産などそれ程ではありませんよ。ティナエで十番目か十一番目といったところでしょう」

「すごーい！」

「赤い外套が素敵ですわね。赤がお好きなのですか？」

「いえ、これは仕事の制服のようなものです。ただ、この服を着たいから頑張って出世したという理由もありますが……」

彼女達は、アトランティア・ウルースの有力者の娘達であり、諸外国から国王のお供としてやってきた貴族達の娘であり、あるいは密命を帯びた諜報・工作員であったりする。

列国はシャムロックから、ティナエがどのあたりの利権で満足し、合意するつもりなのかを探ろうとしているのだ。

ところが、シャムロックも狡《ずる》いからなかなか情報を与えない。

悪所出身の彼だ。強い者に惹かれて近付いてくる女の扱いには長けていた。美姫達に嘘を吐いたり既に陳腐化した情報を流すことで関心を引き、「そんなことより、静かなところで二人きりになりませんか」などと誘って上手に摘み食いしていたりもする。

「シャムロック、楽しくやってる？」

そんなシャムロックにイスラが声を掛けてきた。

「もちろんだとも。お前はどうだ、イスラ？」

「ま、こっちはこっちで楽しくやってるわ」

イスラは宴席に集まった列国の若手官僚や艦長、海軍士官達に囲まれていた。

いずれも煌びやかな勲章やら徽章を身に着け、それぞれの国で有望な出世頭であることを自慢げに見せびらかしている。

彼らにとって、イスラは強い魅力を放っているらしい。

額に輝く第三の目が珍しいということもあるが、シャムロックの秘書という立場と、彼女の簡単に靡《なび》かない態度が男心を強く揺さぶるのだろう。そしてイスラもそれを悪く思っていないのか適当に楽しんでいた。

だが、男達の求愛には、質のよいものもあり悪いものもある。

せっかくイスラが相手を傷つけないよう迂遠《うえん》に断っているのに、それに気付けないニブチンな男が深追いしてくる。すると彼女はシャムロックに声を掛け、誰が庇護者であるかを周囲に示すのだ。

イスラがシャムロックと話し始めてしまうと、男達もまさか会議の構成国の十人委員に喧嘩を売る訳にもいかず、諦めて立ち去っていくしかないのである。

「あまりやり過ぎるなよ」

「何もしてないわよ」

「お前は立っているだけで男達の気を惹くんだ。それだけの美貌の持ち主だってことだ」

「もしかして口説いてる？」

「俺は事実を指摘しているだけだ」

イスラがシャムロックに微笑みかけた時、会場の片隅で悲鳴が上がった。

音楽が止まり、和気藹々とした会場の雰囲気が壊れて、皆が悲鳴の発生源に注目する。

すると涙を流して怒っているアマレットと、平手打ちを食らったらしいどこその国の海軍士官が立っていた。

「あの男……」

先程までイスラを追い回していた若手海軍士官の一人だ。その士官は怒りに震え、今にもアマレットに襲いかかりそうであった。

「ちっ……なんてこった」

シャムロックは舌打ちすると、トラブルの源へと向かった。

「一体どうしたというのです？」

シャムロックが割って入る。若手士官は邪魔をするなと激高しかけたが、相手がシャムロックだと分かるとどうにか堪えた。

「このメイドが俺の親切を無視するから！」

「この男はこう言っているが？」

「私がプリメーラ様を探していると申し上げたら、知っていると言って、誰もいない部屋に連れ込んでいかがわしい行為に及ぼうとしたのです。そして私を、ち、力ずくで……」

アマレットの目は、屈辱の悲しみで潤んでいた。

「君、ご婦人にそんなことをしたのかね？」

シャムロックが問いかける。

そればかりか、会場の男女から批難の視線が士官に浴びせられる。

若い士官は狼狽《うろた》えながら抗った。

「う、嘘だ！」

「嘘ではありません！」

「あら、でもメイドの口紅が貴方に移っていてよ」

その時、不意に訪れたイスラが指摘した。

「く、口紅だと⁉」

思わず口元を袖で擦る海軍士官。

「はい、そこまで……みんなご覧になりましたわね？」

イスラが会場の男女に問いかける。すると皆が無言で頷いた。

メイドの口紅が移っていると言われただけで自分の口元を擦るなど、自分が何をしたのか自白したのと同義だ。

それに気付いた海軍士官は顔を真っ赤にした。そして周囲から浴びせられる蔑視に耐えられず、宴席から飛び出していく。

「お、覚えていろ！」

「おお、絵に描いたような捨て台詞……」

シャムロックは肩を竦めた。

「で、どうしたの？」

イスラがアマレットに優しく問いかける。

「実は……お嬢様が行方知れずになって」

「なんだって？　プリメーラ様が行方不明？　きちんと探したんだろうな？　アトランティアの者には？」

「はい。尋ねました。でも厨房から忽然と消えてしまったのです……」

「なんてこった……」

その時である。宴席に再びレディが現れた。侍従長や侍従次官、海軍の司令官達も引き連れている。

「あ、すぐに伝えませんと」

アマレットはシャムロックに一礼すると、急を知らせるべくレディの元に向かった。

「侍従次官様……」

アマレットの声に反応したのは侍従次官であった。

「どうされました？」

「実はプリメーラ様が……」

「ああ、そのことならば心配ありません」

「お嬢様の居所をご存じなのですか？」

「ええ、存じておりますよ。プリメーラ姫が急に体調を崩されたので、王城の侍医に診せました。医師によると、治療を施せば問題のない病だそうです」

それを聞いたアマレットはホッと胸を撫で下ろした。

「で、お嬢様にはどちらに参れば会えましょうか？」

「姫は王城船の安全なところにおいでです」

「是非、連れていってください」

「残念ながら、医師より面会は謝絶するようきつく言われておりますので」

「ど、どうして？　問題のない病ではないのですか？」

「うつり病だからです。麻疹《はしか》のようです、王子殿下も罹《かか》った質《たち》の悪い病です。どこかに病源があるのやもしれません。それで皆様から隔離するようにとのお達しなのです……」

説明を受けても、アマレットは納得しきれずにいた。

するとその時、侍従長が横から割って入る。

「二人とも静かに。これよりレディ陛下から重大な発表がございます」

するとレディが宴席の中央に歩み出た。

皆の注目が十分に集まったことを確認すると、レディは口を開く。

「みなさん、私はこれより海賊討伐の艦隊の出動を宣言したいと思います」

「な、なんと⁉」

「今からとは急すぎます！」

各国の使節が口々に言う。

列国の王達も問いかけてくる。

「海賊を討伐し終えた後の利権をどう分配するか、まだ結論を見てませんぞ」

するとレディは、その言葉にいちいち頷きながらもこう続けた。

「その通りです。しかし会議を始めて二ヶ月が経過しましたが、何も決まっていないではありませんか？　そして私は重大なことを失念していました。こうしている合間にも、海賊による被害は続いているということです。旧アヴィオン王室のプリメーラ王女が、そのことを忘れないでくれと私に求めたのです。その言葉に私の胸は強く打たれました」

レディはそう語って一息置いた。

「そこで私は皆様に、早急の作戦開始を求めることにしたのです。分捕り品の分け前？　そんなものは手柄を立てた者が手柄の分だけ手にすればよいではないですか？　我がアトランティアの艦隊は、明日にも舫《もや》いを解いて出動するでしょう。遅れた者に分け前など、当然ながらありませんからね！」

「な、なんと」

「こりゃいかん」

すると会場にいた各国の艦長達が一斉に走り出す。すぐにでも命令されるであろう出航準備のためである。するとその気配にあてられた王達もそわそわし始める。

こうして、レディの号令により海賊討伐艦隊は一気に動き出す気運となったのである。

10

クンドラン海沿岸は、嵐に見舞われていた。

といってもそれは、四海神の気まぐれによって発生する風濤《ふうとう》ではない。暴虐な海賊による襲撃と略奪が、沿岸村落の無辜《むこ》の民に対して行われているのだ。

海賊は村々を襲い、そこで暮らす人々の財貨を奪い、抵抗する村人は殺し、捕らえた者は奴隷とする。そして集めた金銀や財貨の半分を我が物に、残りの半分をレディに収めていた。獲得された財貨はアトランティアの国庫と軍備を大いに潤すことになるのだ。

加えて、海賊達が特に求めるよう命じられたのは鉄と少年少女である。

鉄は溶かされて大砲の材料となり、集められた少年少女の中からは、ギルド出身の魔導師の手により各種の試験が施され、魔導の才能を持つ者が選び出される。

この検査では、これまで試してみるまでもなく魔導師になれないとされてきた者も選ばれていた。彼らはささやかな魔導の才があるというだけで、自由意志を無視されてパウビーノとなるべく連れ去られていくのである。

ドラケはオディール号の舳先に立つと、自分の艦隊の戦いぶりを見守っていた。彼らが海岸を襲うようになって、クンドラン海沿岸の国々も海軍を出動させてきたのだ。

だがどれほどの数のガレー船を送り出してきても、大砲を装備した海賊——アトランティア海軍には敵わない。大砲の一斉射を浴びたガレー艦隊はたちまち海の藻屑と成り果てた。

「今だ、撃てっ！」

「敵艦隊、壊滅！」

その報告を聞くとドラケは単眼鏡をしまった。

かつては敵を倒すと爽快感に満ちたものだが、海軍に属してからはそういう気分とは無縁だった。それどころか吐き気すら催すくらいなのだ。

その理由が砲室のある第二甲板から運び出されてくる。

監督官達の手で、ぐったりとしたパウビーノが引っ張り出されてきたのだ。

彼らはこの戦いで使い潰された。既に息をしていない骸《むくろ》と化してしまった者が、海に放り捨てられていく。

彼らは意識を失うまで監督官から魔力を絞り出すことを命じられ、倒れても立つことを要求され、そして生命力を代償に魔力を使い切ると、無用のものとして海に捨てられるのだ。

周囲の目がなかったら、ドラケは唾棄《だき》していたに違いない。

だが彼は今アトランティア海軍に所属する提督だ。そして部下もこれまでのような気心の知れた海賊達ばかりではない。アトランティアから派遣されてきた参謀や、海兵部隊の指揮官も傍らにいる。

「おめでとうございます。提督」

それらがドラケに対する監視を兼ねていることは、誰が言わずとも分かっていることであり、故に女王《ハーラム》への不忠不敬を疑わせる言動は努めて避けなければならない。

「ドラケ、いいのかい？」

オディールに囁かれてドラケは視線を下ろした。

「言うな、オディール……」

「でも！」

「分かってる。分かってるんだ……」

ドラケの握り拳は怒りで震えていた。

するとそこで、ドラケが提督となったことでオディール号艦長職に就いた元航海士スプーニがオディールを止めた。

「オディール、それ以上提督を困らせるんじゃない」

「せ、船長……いや、艦長か」

ドラケはスプーニの肩を叩いた。

「思ってもみなかったんだ。こんなことになるなんてな……」

アトランティアからの呼びかけを受けた時、ドラケは自分一人で全てを決めず配下を集めてどうするか問いかけた。

海賊のままでいたい者はそれでいいし、アトランティアの水兵になりたい者はなればいい。いずれにせよ配下達が自分で選ぶべき問題だと考えたのだ。

それにより彼の一党は数を減らしてしまうかもしれない。だが、海賊でいたい者だけを率いて、アトランティアの手の届かないところで海賊活動をすればいい。そう思っていた。

だが彼の配下の意見は割れたりしなかった。

女王《ハーラム》の犬なんかになれるかという者も少数ながらいたが、その声を塗り潰す程の圧倒的大多数が、女王《ハーラム》の呼びかけに応えて国の海軍に参加すると名乗りを上げたのだ。

それだけみんなが明日をも知れぬ海賊という稼業に飽いていたということだ。

海軍に属することで母港に家庭を持てるかもしれない。そんな将来が甘美に思えたのだ。

そして皆はドラケに指揮を執ることを求めた。ドラケ提督の下で働きたいと望んだのである。

こうなるとドラケも無視は出来なかった。

頭目として彼らをまとめる責任があるのはもちろん、彼らがどのような処遇を受けるかも見届ける必要がある。為政者というのは必要とあれば簡単に裏切るものだ。例えば、戦い前はチヤホヤしていた傭兵を、戦いが終わると同時に大虐殺するなんてこともある。そうならないためにも、アトランティア海軍に対して自分の意志を通せる者が必要だった。故にドラケもまた、海軍に志願したのである。

その結果がこれだった。

これまでドラケはパウビーノ達を一緒に戦う仲間として遇してきた。

子供ながらも頼りにしてきたし、ギルドの連中が名前でなく番号で呼ぶことを許し難くも思っていた。彼らに対し、ともに戦い、ともに生活する者としての責任や覚悟も求めていた。

しかしこの海軍では、大砲の付属品扱いだ。パウビーノ達は暴力で捕らえられ、船に乗るかどうかを問われることもなく、監督官の号令に従うよう躾《しつ》けられ、無理矢理戦闘艦に乗せられる。

今回の作戦に伴い、オディール号には王宮から新たなパウビーノが派遣されてきた。だが、彼らの顔を見た時ドラケは愕然とした。

これまでの連中と違い、常にびくびくと怯えていて、罰を受けないことだけを願っている哀れな奴隷だったのだ。

「いやでも、ドラケ。悪いことばかりじゃないよ。万が一、敵の海軍に拿捕《だほ》されたとしても奴隷は縛り首にならずに済むんだから」

「どんなことにも、いいところの一つや二つはあるもんだ。それで他の欠点が気にならなくなる訳じゃない」

「そりゃそうだけど……」

「俺は奴らを、一緒に戦う仲間として扱ってやりたい」

「ドラケはそういう奴だったね」

だからこそドラケの周囲には、黒髪のファティマや猫耳アティアといった子供達が集まる。考えてみればオディールもまたそうだった。ここでなら少なくともマシな扱いをしてもらえる。だからドラケの下に集《つど》ったのだ。

だが、今は王宮から派遣されてきた監督官がパウビーノを管理している。艦長ですら関わることを禁止されているのだ。

「俺がガキの頃、奴隷だったって話はしたことあったか？」

「えっ……初耳だよ」

オディールは瞼を瞬かせた。

「そういうことなんだ……きっと俺は、あいつらを見ると、昔の自分を見ている気分になるんだろうな。だから嫌なんだ」

「そうだったんだ……」

オディールの胸中は複雑だった。

ドラケが誰にも明かしたことのない過去を打ち明けてくれたと喜ぶべきか、それとも今の彼の苦しみを分かち合うべきかと。

しかしオディールがもたもたしているうちに、ドラケは意識を切り替えたようだった。

気付けば提督の顔付きとなって部下に相対している。

ドラケは部下から何か文書を受け取っていた。どうやら、伝令を載せた高速船がやってきたらしい。ドラケはそれを開くとすぐに号令を発した。

「よし、出航するぞ！」

「どこに行くんだい？」

オディールが問いかける。

「もちろん、戦いに行くんだ。奴隷狩りに比べたらどんな作戦だってマシってもんだろ？」

『艦隊は、作戦に備えてメギド島に集結せよ』

それがドラケに下された命令だったのである。

＊　＊

海賊討伐のための連合艦隊がアトランティア・ウルースを出航して、早三日が経過した。

列国の王達が率いる艦隊は、レディ女王《ハーラム》のご座艦であるビクトリア号を総旗艦として、海賊達の本拠であるとされるメギド島へと向かった。

しかしシュラが率いるオデットⅡ号だけは、アトランティア・ウルースに残っていた。病に倒れたというプリメーラがウルースの王城船にいるからだ。

シュラとしては海賊との決戦に出来ることなら参加したいと思っていた。しかし親友にして主でもあるプリメーラを独りアトランティアに置いていくなんて出来やしない。しかも、メイド主任のアマレットは、この事態は明らかに異常だと主張していた。

「変です」

「何がだい？」

「プリメーラ様は幼少の頃に麻疹に罹ったことがおありです。麻疹に二度罹る人間なんて聞いたことありません！」

現実には皆無という訳ではない。しかしその稀なケースにプリメーラが偶然該当するなんて、あり得ないとアマレットは言う。感染を防ぐための面会謝絶も理解できなくはないが、以前罹患《りかん》したことがあるアマレットやシュラ、オデットまでもが許されないのはやはりおかしい。

「確かにそうだね」

その言葉を聞いたシュラの胸中には、王城内で何かが起こっているという疑念が生まれていた。

そもそもオデットⅠ号の時、王政復古派が船を乗っ取ったのはプリメーラを攫ってこのアトランティアに亡命するためだった。

彼らはレディ女王《ハーラム》の支援を受け、アヴィオン諸国を統一する戦いに打って出るのだと主張していた。つまりレディは以前からプリメーラの身柄を欲していたのだ。

であるなら、病気というのは嘘かもしれない。麻疹というのも、彼女の身柄をこのアトランティア・ウルースに留めておくための方便である可能性が高くなる。

それだけに、何としてもプリメーラに会って真実を確かめないといけない。とはいえ面会は未だ許されず、無理に押し通ることも出来ない。

今はアトランティアもティナエも、連合を組んでともに海賊と戦う仲間だ。そんな状況で何の根拠もないまま勝手な行動をして、国同士の緊張状態を作ってしまう訳にはいかないのだ。

「打てる手がない」

おかげでシュラは、立ち入りの許される範囲で王城船の周囲を歩き回る毎日だ。

単眼鏡片手に、窓のどこかにプリメーラの手がかりを得られないかと、王城の様子を覗き込むということを続けていたのである。

『深淵を覗く時、深淵もまたこちらを覗いているのだ』というのはニーチェの言葉だ。王城船の様子を窺うシュラの行動は当然、王城の側からも察知されていた。

「どうですか？」

レディ女王《ハーラム》から留守居を任された侍従長が窓の外へ視線を向ける。

すると王城船の船長が答えた。

「侍従長が気になさる程のことはありません。たかが艦長風情に何が出来ましょうか？　ああして物欲しそうに王城の周囲をうろつくのが関の山です。それよりも問題はあちらです」

この王城船はウルースの核として動かないことを前提に建造されている。しかしそれでも船であるから船長と船守りが任命されていた。そして彼らが船の保守や警備を担当しているのだ。つまり近衛隊長とその副長の仕事を、彼らがしているのである。

船長が心配するのは、上空を舞う船守りのオデットのほうだ。

空には囲いもなければ壁もない。そのため翼皇種《アヴィ》の船守りが、王城船ギリギリまで近付いて中を覗き込もうとしてくるのだ。

もちろんそんなことを許す訳にはいかないので、王城船としても近衛の兵士が出動することになる。

「きちんと追い払っているのでしょうね？」

「相手は翼皇種《アヴィ》ですので手荒なことは……」

「翼皇種《アヴィ》だから何だというのです？　不埒にも女王《ハーラム》陛下の城に近付こうとする者ならば、

撃退してしまっても構わないではありませんか」

「しかし相手はプリメーラ姫のご親友。後々のことを考えますと、あまり無茶なことは出来ませんですし……」

「そうでしたね」

侍従長は嘆息して爪を噛んだ。

レディは王政復古を大義名分にして、アヴィオン海の七カ国を束ねる統一戦争を起こすつもりだ。もちろん旗頭《はたがしら》に過ぎないプリメーラに実権を与えるつもりはない。傀儡《かいらい》として全ての権限はレディが握る。それが大前提なのである。

しかしだからといって、それをあからさまにする訳にはいかない。市民達には旧アヴィオン王室が復活したのだと錯覚させる必要がある。そのためにもプリメーラの協力は不可欠、機嫌を損ねることは出来ないのだ。

直接アトランティアが統治したほうが話が早いとも感じられるが、市民達はもちろん諸外国の感情もある。侵略統治されていると思われるより、昔に戻っただけだと思わせたほうが反感も和らぐ。万が一の際には、スケープゴートにしてしまってもよい。そうしておいて、蛙を水から茹でるように時間をかけて、アトランティアに吸収していく計画なのである。

「今はどのように対応しているのですか？」

「現在は、近付いてきた場合、近衛兵が出動して警告を発しています」

甲板に上がった近衛兵が大空にいる船守りに大声で警告している光景は、ある意味滑稽ですらある。

後は王城からの正式な抗議という形で苦情を入れる。

今はオデット側が自制してギリギリのところで引き返しているから、実力行使には至っていないという。

「しかし、追い払っても追い払っても実にしつこくて……」

二本足で歩いてくる相手なら、前に立ちはだかる、周囲を取り囲むといったことも出来る。だが、空からの接近にはそれが出来ない。そうなると弓矢を用いるなど、攻撃と分かる致命的な行動に出るしかなくなってしまう。近衛隊長を兼ねる船長は、その時を恐れていた。

「致し方ありませんね。もし制止を振り切るようなら船守りに対処させなさい」

しかし侍従長は特に熟考することなく安直な指示を出した。

船守りはどんな船にも一人しかいないが、王城船アトランティアには様々な施設船が付随しているので、それらの船守りを集めれば六名になる。侍従長は彼女達を動員して空からの侵入に備えさせろと言っているのだ。

「しかし……」

それをすると船守り同士を戦わせることになる。それはこれまでの習慣に反している。

「分かってます。しかしそれ以外に方法はないではありませんか……」

「は……はい」

もちろん盗賊やら海賊やらの蔓延《はびこ》るこの海で、武芸の心得がない船守りはいない。だが、彼女達を直接戦わせるということには、船長も海の男として抵抗を感じてしまうのであった。


王城船の周囲を巡り歩くシュラが二人の姿を見つけたのは、偶然のようでありつつもある意味必然だった。

シュラは毎日毎日王城の様子を窺っている。そしてその二人も、毎日毎日王城船に付属する兵営船の様子を窺っている。つまり行動範囲は微妙に重なっていて、遭遇するのは時間の問題だったのだ。

「やあ、副長にトクシマ！　まさか君達とこんなところで会えるとは思ってもみなかったよ」

その声を聞いた徳島と江田島は、すぐに返事をしなかった。

シュラの顔を見るなり二人は互いに顔を合わせ、直後、号令を受けたかのように踵を返して逃げようとした。

「ちょっ、ちょっと待った！」

まさか逃げられるとは思っていなかったシュラは、慌てて二人の後を追って走る。

「どうして逃げるのさ⁉」

「逃げてません」

江田島が息を切らせながら答える。

「だって逃げてるよ！　絶対逃げてるよ！」

「逃げてません。たまたまこちらのほうに急ぎの用を思いついたから、走っているだけです！」

「急ぎの用って何なのさ？　ボクよりも大事なことなのかい？」

その声が聞こえると、周囲を歩いている男女が、江田島とシュラの関係を邪推してひそひそと語り始めた。

「ちょっと、中年男が若い娘を欺《だま》していたそうよ」

「きっと二股がバレて逃げているんだわ。しかも一緒に逃げているのは男？」

そんな会話が聞こえてきて、江田島は恥辱で赤くなった。

「ちょっ、ちょっと誤解を招くようなことを言わないでください！」

「何が誤解なのさ⁉」

シュラは若さに任せて速度を上げる。するとたちまち江田島との距離が詰まった。

「それでは私と艦長が、親密な関係にあるように聞こえてしまうではありませんか？

正確には、『ボクと話をすることよりも大事なことなのかい』と聞くべきでしょう」

しかしシュラは、問答を続けることよりえいやっと飛び付くことを選んだ。

シュラのタックルを食らった江田島は、勢い余って前のめりに転がる。シュラはすかさず背後からしっかりと己の体重を浴びせ、周りに聞こえるようはっきり言い放った。

「実際親密じゃないか！　ほら、こんなに、こんなに、こんなに！」

「徳島君、助けてください！　徳島君！」

「と、統括⁉」

先を走っていた徳島が立ち止まり振り返る。

「トクシマなのだ‼」

「オ、オデット⁉」

江田島を助け出すべきか躊躇《ためら》う間もなく、徳島は横合いから純白の翼を広げた翼皇種《アヴィ》の娘に抱きつかれることになったのである。

徳島と江田島はシュラとオデットの二人に捕らえられ、王城区外れの茶館ならぬ茶船へと連行された。

「二人とも、なんで逃げようとしたんだい？」

シュラは江田島と徳島の向かい席に腰を下ろすと、尋問を開始した。

オデットは徳島の隣だ。徳島や江田島が逃げられないよう通路側に座って蓋をする態勢だ。

「別に逃げていませんって」

「嘘だ、ボクの顔を見て逃げ出したくせに」

「逃げていません。用を思い出しただけです」

江田島はわざとらしく視線を逸らした。

一方、オデットは拗《す》ねているようで、徳島が慌てて取り繕う。

「薄情なのだ。もう私のことを嫌いになったのか？」

「ち、違うって」

「じゃあだっこ」

オデットは言いながら徳島ににじり寄る。

「そんなの無理だって。こんなところじゃ……他人《ひと》が見てるし」

「誰もいないところならいいのか？」

「そういうことじゃなくってさ……」

徳島も江田島も言《げん》を左右にして逃げ出したことを認めようとしない。このまま追及を続けても埒が明かないと見たシュラは、そのまま本題に入ることにした。

「大体、このアトランティアに君達がいるなんて聞いてないよ」

「我々とて、こんな所に来ることになろうとは、予想だにしてませんでしたからねえ」

「でもここで出会えたのは四海神のお導きに違いない。実は相談したいことがあるんだ！」

すると江田島は深々と嘆息した。

「……これだから嫌だったんですよ。艦長に会うと、毎度毎度、厄介事を頼まれてしまいます」

「そうかなあ」

自覚のないシュラは後ろ頭を掻く。

「そうですよ。前回だって、貴女方を東京まで連れて行くことになったのは、貴女のお強請《ねだ》りが原因でした」

あれがなければ、シュラ達が某国工作員の手で太平洋の沖合まで拉致《らち》されるようなこともなかったのだ。

皆を救い出すために江田島が海上自衛隊内で、どれだけアクロバティックなことをする羽目に陥ったか。

あちこちに凄い迷惑をかけたのだ。

一番苦労させたのは、急遽海賊対処行動に出向することになった『さみだれ』の乗組員達だ。予定を無理矢理繰り上げたため、みんなが休暇予定のキャンセルを強いられた。彼らの怨嗟は、江田島一人へと向かったのである。

「でも、君はボクの副長じゃないか？」

「それは……そうでしたけど。今は違いますよ」

「そんなこと言わないでさあ、頼むよ……」

そして上目遣いでシュラに頼まれる。心の底から困っていて、頼りに出来る者が他にいないと縋る目だった。

「何でもするからさ」

「貴女のような娘さんが、何でもするなんてことを簡単に口にしてはいけません」

そんな顔を向けられてしまうと、江田島にはもう断るという選択肢は全くなくなってしまうのだった。

＊　＊

オデットは、アトランティアの外縁から飛び立つと、翼を広げて高く高く上っていった。

やがて巻積雲《けんせきうん》の上にまで出る。

この高さまで上るとそこいらの翼人種では付いてこられない。そのためオデットはまったくの妨害を受けることなく、アトランティア王城船の真上にまで侵入できた。

ここから翼を畳んで逆落《さかお》としで降下すれば、一気に王城に迫ることが出来る。この高さからの強行偵察。それが、シュラとオデットの悩みに対する江田島からの回答だった。

「つまり、お二人はプリメーラさんの様子を知りたいのですね？」

「そうなんだ。ボク達は何としても、プリムが何をしているのか確かめる必要がある」

「海に潜って近付くとかはどうかな？」

徳島は自分が得意とする領域からの潜入方法を提案した。

「王城船の警備には海棲種族もいる。だから海中の守りは堅いんだよ」

「では、空からはどうでしょう？」

「丸見えなのだ……近付くと武装した近衛兵が出てきて、口うるさく近付くなと言ってくるのだ」

「そうですか。確認ですが、後で問題になったとしても構わない？」

当初シュラは、連合軍が決起したこのタイミングで、問題を起こすのは得策ではないと思っていた。だが、まるでプリメーラを隠そうとするかのような、アトランティアの警備態勢はやはり異常だ。だから意を決して、江田島のその問いに頷いた。オデットを見ると、彼女も同じく頷く。

「ならばこうしてはどうでしょう？」

江田島は言いながら、茶船で出された香茶の入った椀を王城船に見立て、右手の指をその上にまで持ち上げた。

「まずオデットさんは高いところまで駆け上がります。その間にシュラさんが王城船の傍らで騒ぎを起こして警備の目を引き寄せる」

「えっと、それはつまり囮《おとり》ということかな？」

「これはただの陽動ではありません。王城船内にいるプリメーラさんに気付いてもらうことも目的となっています」

「そっか……プリムに窓から顔を出してもらう訳か⁉」

「そうです。そしてその間にオデットさんが一気に降下。王城船の中を覗き込み、可能ならプリメーラさんと話をするという訳です」

「その手ならきっと上手くいくのだ」

オデットは妙案だと手を叩く。しかしシュラは浮かない顔のままだった。

「けど、それだけの騒ぎを起こしたら、オディがどう脱出するかが問題になるよ。プリムの様子を確かめたのはいいけど、オディまで捕まってしまっては元も子もないんだからね」

「大丈夫なのだ！　ただ逃げるだけならなんとかなるのだ！」

だがその時、オデットは隆起の少ない己の胸を叩くと力強く言った。

「どうやって？」

「秘策があるのだ」

オデットはニヤリと笑う。

「秘策って……どんなのだい？」

「まだ誰にも見せたことのない秘密兵器があるのだ！」

シュラは首を傾げた。オデットとは長い付き合いだが、そんなものがあるなんて話は聞いたことがない。シュラとしては、実力を試してもいないものに、重要な作戦の成否を託す訳にはいかないのだ。

そのため秘密兵器とは何かをしつこく尋ねたのだが、オデットは「任せるのだ」と繰り返すばかりで、頑《がん》として答えなかったのである。

＊　　＊

プリメーラは王城船内の狭い部屋に監禁されていた。

することのない毎日の中で、彼女は寝台に横たわって木製の天井を眺めていた。

さすがアトランティア女王の王城船《ハーラム》だ。こんな監禁のようなことに使用する部屋であっても、備えられた寝台や調度品は一流の職人の手で彫刻が施され、天井にも美しい野山や森を思わせるフレスコの風景画が描かれている。

「どうしたらいいのかしら」

無為に時を過ごしてもう四日目。

すぐにでもレディの恐ろしい計画を味方に知らせなければならないのに、閉じ込められていては何も出来ない。何としてもここから脱出する必要がある。

ただ問題は、この部屋から外界に通じているのは三カ所だけということだ。

一つはこの部屋の出入り口。その向かい側に位置する円形の舷窓。もう一つ、出入り口とは別の扉があり、そこが手洗いに通じている。

舷窓やお手洗いは外に出られないから論外。唯一の脱出の道は出入り口だけなのだ。

しかし分厚い木製の扉で塞がれ、錠も下りている。それが開放されるのは、一日三回食事が運ばれてくる時だけだ。

当然ながら敵も警戒していて、食事を運んでくるか弱いメイドに、屈強な兵士が付き従っている。これまで十度の機会を得たが、一度として隙を見つけることは出来なかった。

部屋にあるのは、寝台と床頭台を兼ねた衣装櫃《チェスト》。その上には真水を湛えた銀製の壺と小さなコップが置かれている。これらを用いて壁を破るのも無理そうだ。

味方を救う時間が刻一刻と失われていく。次こそは脱出しなくては。

まずは銀の壺を抱え上げて扉の死角に立って待ち、メイドの頭に振り下ろして……

だけど見張りの兵はどうする？　よしんば王城船を脱出できたとして、その先はどうやって？　プリメーラの思考はいつもそこで止まってしまうのである。

その時、開け放たれた舷窓の外から騒ぎの音が聞こえた。

「……一体何かしら」

ふと、身体を起こす。

自分の名前が呼ばれたような気がしたのだ。

プリメーラの顔よりも小さな舷窓から外を覗き見る。窓からは様々な船の甲板が見えるが、その中の一つに大勢の兵士が集まっていた。

誰かが追われているのだ。

「まさか……シュラ？」

紛れもなくシュラであった。

シュラが何か騒いでいる。そしてそれを排除しようと近衛兵が群がっているのだ。

シュラは迫る彼らを巧みに躱し、逃げたかと思えば、立ち向かって兵士を投げ飛ばしたりもしている。

シュラに投げられた兵士が立て続けに海に落ちて水柱を上げていた。

古典的な表現に『ちぎっては投げ、ちぎっては投げる』という描写方法があるが、その言葉がこれ以上似合う場面もないかもしれないと思われた。

奮迅の戦いっぷりを見せるシュラは素手だ。そのためか近衛兵も素手で対応していた。

プリメーラの親友を傷つけてはいけないという配慮が働いているのだろう。

「プリムー、どこだい⁉」

プリメーラは小さな窓から力の限り叫んだ。

「シュラ、ここよー！　ここ……」

しかし反応がない。兵士達の喧騒に紛れてプリメーラの声はシュラに届いていないのだ。

「どうして……どうして。わたくしには何も出来ないの？」

自らの力のなさに打ち拉《ひし》がれてプリメーラはへたり込む。

しかしその時、窓の外から聞き慣れた声が耳に届いた。

「声を上げていてくれて助かったのだ」

見れば翼皇種《アヴィ》の娘、オデットが窓から中を覗き込んでいた。

「えっ⁉　オディ⁉　どうやってここまで？」

もちろん翼を広げて空からに決まっている。これ以上の愚問もないのだが、プリメーラにはそれほど意外だったのだ。

だが、オデットは得意げに言った。

「これがエダジマの作戦なのだ！」

＊　＊

「始まったみたいですね」

　空を仰ぎ見た徳島が呟く。

　遠く王城船のほうから、兵士達の騒ぐ声が聞こえてきた。シュラの起こした騒ぎがあちこちに伝わって、兵士達の関心はその方角に釘付けになっている。

「相手はたった一人。しかも女らしいぜ」

「近衛の連中、日頃は威張り散らしている癖に随分と情けないじゃないか？」

「奴らの無様っぷりを見物しに行かないか？」

「いいねぇ」

　そんな話をしながら兵士達が走って行く。

　それを見た江田島は、黒いバラクラバ帽（目出し帽）を喉元まで被った。

「今なら敵の注意は彼女に向かってます。やりますよ、徳島君」

「はい、統括」

　徳島も同じ黒いバラクラバで顔を隠す。

真っ黒な服装で身を包んだ二人は、そのまま兵営船へと向かった。

目指すのはもちろん、ギルドから集められた賢者や技術者達が押し込められている区画だ。今なら警戒も緩み、隙も生じている。強引に中を覗き込む好機とも言えた。

単にシュラやオデットの頼みに応えるだけでなく、騒ぎに乗じて自分達の目的も達しようという訳だ。一石を投じて二鳥も三鳥も狙うのが江田島のやり方なのだ。

＊　＊

「分かった、オディ？　このことをすぐにでもお父様に報せて欲しいの」

シュラが身を挺《てい》して稼いでくれている貴重な時間である。プリメーラもオデットも、感情的な無駄話に時を費やしてしまうことはなかった。プリメーラは小さな舷窓越しに、女王《ハーラム》レディが何を企んでいるかをオデットに語って託した。

「プリムはどうするのだ？」

「心配要りません。わたくしには利用価値があります。それがある限り、害されることはありませんん。今はとにかく急いで味方にこのことを知らせて。いいわね？」

「おい、そこに誰かいるのか!?」

そこで唐突に誰何《すいか》の声が割り込んでくる。

「さあ、行って！」

二人には別れを惜しむ時間すら残されていなかった。

オデットはプリメーラの顔を見ながら、後ろ向きに倒れるように窓枠から離れ、そして王城船の舷側に沿って海面へと落ちていく。

「待て！」

あと少しで海面に激突するといったところで翼を広げる。そして落下で得た速度をそのまま用いて、船と船の隙間を縫って一気に王城船から離れた。

「追え！」

少し遅れて王城船の船守り達が追ってくる。侵入者は生かして返すなとでも命じられているようで、翼人女性達はそれぞれ弓や剣で武装していた。

「くっ……」

オデットは数度羽ばたいて滑空し、また数度羽ばたくを繰り返す。次々と飛んでくる矢がオデットの身体を掠《かす》めていった。

これをいちいち避けようとすれば無駄な挙動が増える。すると速度が低下する。おかげで追い縋ってくる翼人達との距離は刻一刻と詰まっていった。

「さあ、追いついたぞ！」

翼人の引き絞る弓のギリギリとした音が聞こえてくるようだった。けれどオデットは焦る様子をまったく見せない。

「私にはこれがあるのだ……」

水面すれすれを飛行していたオデットが一旦、上空に駆け上がる。

「上に逃げるのか⁉　馬鹿め！」

高度を得ようとするとその分だけ速度が低下するのが物理法則だ。互いの距離は一気に詰まっていった。

「行くぞ！」

引き絞られた弓矢から矢が放たれ、更に白刃を煌めかした翼人がオデットに挑みかかる。

だが、オデットも何の勝算もなくそうしたのではない。背後から襲いくる翼人達を尻目に、一瞬身体を丸めたかと思うと再び伸ばした。すると金属同士を擦り合わせるような甲高い音がそれに続いた。

「うわっ！」

オデットに向かって飛翔した矢は、オデットの残像を貫いてそのまま海に落着。

突き刺そうと繰り出された剣も空を切った。

「なに!?」

オデットはもうその場にいなかったのだ。

後には猛烈な熱風が残され、オデットの身体は気付いた時には遙か上空へと駆け上がっていた。

小型ジェットエンジン。

「あの時、もう少し速く飛べていたら、脚に食いつかれずに済んだのに……」

オデットがぽつりと漏らした悔恨の言葉に応えて、義肢アーティストの仙崎薫《せんざきかおる》がオデットの義足に仕込んだギミックだ。仙崎はこのような形で、障碍《しょうがい》を負った者の心に積もった恨みを断とうとする。

小型ジェットと聞けば、『おもちゃ』のように思われるが、現在では改良も進んで高性能なものなら、一基三十重量キログラムの推力を叩き出す。それが両下肢《りょうかし》の二基で合わせて六十重量キログラム。体重が四十キロ程度のオデットが全力でこれを吹かせば、他の翼人には到底追いつけない速度で、垂直に空を駆け上がっていくことも可能だ。

「い、一体何が？」

追跡していた翼人達は、突然起きたことに訳も分からずぽかんと口を開けている。

ただ、空の彼方で既に点となったオデットの姿に、彼女がもう手の届かないところまで行ってしまったことだけは理解できたのである。

＊　＊

「注進！　ご注進！」

王城船の船橋で事態の推移を見守っていた侍従長と船長の下に、近衛の士官が走り寄った。

「侵入者は捕らえましたか？」

侍従長が問いかける。

「いえ、逃げられました！」

すると船長が怒鳴りつけた。

「なんだと！　ただ逃げられましたでは子供の使いではないか！」

「翼皇種《アヴィ》の娘は矢すらも追い抜くような勢いで飛んでいったそうです。我々には考えも及ばないような魔法の道具を用いているのかもしれません！」

「ちっ、くそっ」

船長は歯噛みする。こうした失態の責任は全て船長が負うことになるのだ。

「それであの女艦長は捕らえたのだろうな？」

「い、いえ。そちらも逃げられました」

「な、何だと!?」

「あと少しというところまで追い詰めたところで、兵営船で火事騒ぎが起きました。そのため人員の多くが鎮火に走りまして……」

木造船が寄り集まったウルースでは、目の前で我が子が殺されそうになっていたとしても、火事を消すことを第一にしなければならない。ましてやシュラは武器を持っていなかったし、そもそも一人だった。その意味で、兵士達にとってどちらが優先されるかは明白なのだ。

そのためシュラを追っていた兵士達の半分以上が抜けて包囲に穴が空いた。更に民間人を巻き込んだ避難騒ぎが続き、ついにはシュラにも逃げられてしまったのである。

「実に都合のいいタイミングで騒ぎが起きましたね」

侍従長が首を傾げる。

もちろん火事騒ぎは、徳島と江田島がシュラの脱出を支援するために起こしたことだ。

「くそっ、後で罰してやる！」

すると侍従長が船長に抑えるよう言った。

「そう怒らずともよいです。どうせ行く先は分かっているのですから。直ちに海軍に出動を命じて、ティナエの軍艦を押さえなさい。出航を防げれば我々の勝ちです」

「は、はい！」

近衛士官が伝令となって走り出した。

「しかしこれでは大切な秘密が……」

船長は自らの失態が気になるようである。

「大丈夫です。今更知られたとしても出来ることは何もありません。今頃、戦いは始まっています。全ては後の祭りです」

侍従長はそう言うと、好々爺《こうこうや》のごとき笑みを浮かべたのである。

＊　　＊

シュラは自分の船に戻るとアマレットに尋ねた。

「オディは？」

「まだ戻られていません」

アマレットが心配そうに告げた時、オデットⅡ号の見張りが叫んだ。

「船守りが、来ます！」

見張り員が空の一点を指差している。

「大変なのだ‼」

オデットは開口一番に告げた。

「どうしたんだい、オディ？」

オデットはプリメーラから聞かされたレディの計画を告げた。

「な、なんだって⁉」

「すぐにこのことを統領《ドージェ》に知らせませんと！」

「そうだ。総員緊急出航配置！　解纜《かいらん》急げ！」

乗組員は半分が上陸していたが、この際仕方がない。シュラは残っている人員だけで出航することを決めた。

「アトランティアの海兵がこちらに向かって来ています！」

だが、すぐ近くまでアトランティアの海兵隊が来ていた。何のために来たのかはオデットの報せを聞けば明らかだ。

「時間がない！　舫いを斧で断ち切ることを許可するよ。舷梯も落としてしまえ！」

シュラの命令で、船を繋ぐ全ての舫い綱が切り離される。舷梯も丁寧に釣り上げて取り外すといった作業をせずに海に放り込んだ。

「総員、櫂走《かいそう》用意、配置につけ！」

船内に残っていた水兵達は、大慌てで甲板下から櫂を引きずり出して舷側に設置していく。

「漕ぎ方はじめ」

そうしてオデットⅡ号はウルースを出航した。

シュラを追ってきた兵士達が、埠頭船に辿り着いたのは丁度その時である。剣を持った近衛の兵士達は、次第に遠ざかっていくオデットⅡ号を前に歯噛みしていた。

「あ、危なかったのだ……」

「これでどうにかなるでしょう」

オデットとアマレットが安堵の溜息を吐いた時、突然見張りが叫んだ。

「右舷！　商船が横切ります！」

しかしその時、オデットⅡ号の針路を右から横切ろうとする船があった。このままでは激突してしまう。それを見たシュラは叫んだ。

「面舵一杯！　右舷、漕ぎ方てーし！」

「くそ」

操舵手が右に転輪させて船が大きく傾《かし》ぎながら向きを変える。そしてオデットⅡ号の速度が落ちた時、周囲にアトランティア海軍の軍艦が姿を見せた。

「両舷、全速後進！」

慌てて後方に下がる。

だが次に現れたアトランティアの艦隊が、オデットⅡ号を挟み込むように立ち塞がった。これにより前に進むことも下がることも出来なくなってしまう。

「くそっ……」

シュラはウルースの脱出に失敗したことを悟ったのである。

11

海賊討伐連合艦隊は、アトランティア及びアヴィオン海七カ国の海軍艦艇によって構成される。

総旗艦ビクトリア号を核に、アトランティア・ウルースを出航した艦隊は、海賊の本拠地とされるメギド島に近付くにつれて次第に参加艦艇が増えていき、あと一日航程で敵と遭遇すると思われる距離でその数は二一七隻に達した。

「なんてことだ、壮観じゃないか⁉」

蒼《あお》い海を埋め尽くさんばかりに白い帆を掲げた艦艇が、白波を掻き分けながら進む様子は、歴戦のカイピリーニャ・エム・ロイテルをしても感嘆の声を上げさせた。

「どうだ、艦長？　凄いだろう。全部俺が集めたんだぞ」

シャムロックはカイピリーニャに自慢げに告げる。

実際にはアトランティアの女王《ハーラム》レディが発議の元になっている。もちろんアトランティア、ティナエ、シーラーフの三カ国に他の五カ国を加えさせたのはシャムロックなのだから、あながち間違いとも言えないのだが、とはいえ自分の手柄だと吹聴できる程のことでもない。

しかしそこを自分の手柄だと言ってしまえる、そしてその通りだと周囲に納得させる口舌の才覚が、シャムロックにはある。だからこそ、この若さで商売人として大成できたし、十人委員にまでなりおおせたのだ。

「ああ、素直に凄いと褒め称えさせてもらうぜ」

「大砲も間に合ったろう？」

カイピリーニャが艦長を務めるエイレーン号には、大砲が左右合わせて二十門搭載されていた。

もちろんパウビーノも、と言いたいところだが採用と育成が間に合わなかったため、魔導師が二人雇用されて乗り込んでいる。

その二人は魔導師としてそれなりの力量を持っているので、集中的な速成教育で何とか爆轟魔法を使えているに過ぎないパウビーノとは異なり、十分な力を発揮することが出来た。

しかも大砲を用意してきたのはティナエだけではない。どの国も大砲の出現以来調達に力を入れていて、それなりに数を揃えていた。残念ながら全ての艦に搭載できる程には至らなかったようだが、それでも海賊相手に正面から殴り合えるだけの数は揃えられたのだ。

「要は大砲をぶっ放せればいいんだ。本当、よくやってくれたよ、十人委員。全てはあんたのおかげだ」

カイピリーニャはそう言ってシャムロックの肩を叩いた。

「気安いぞ、艦長」

するとシャムロックは真顔となった。

そろそろ世の中の秩序を思い出せという警告だ。一艦艇の艦長と十人委員たる政府の一員とでは格が違うのだ。

これまではカイピリーニャの艦長就任を、さんざん邪魔してきた負い目があるから多少の気安さも許してきたが、ようやく精算は終わった。今後はそうもいかないぞと宣言したのである。

「これは失礼……しました」

海佐艦長としてカイピリーニャも背筋を伸ばすと、態度と言葉遣いを改めたのである。

アトランティア・アヴィオン諸国連合艦隊が進む。

その艦隊の最後尾には、アトランティア会議には参加していない日本からの海賊対処行動水上部隊の艦艇、『はやぶさ』と『うみたか』が随伴していた。

目的は連合艦隊の作戦を観戦するためだ。今回の作戦の結果如何では、海賊対処行動が終了するということもあり得るのだ。

「これで海賊問題が片付くといいですねえ」

「ええ、ホントに」

海上保安庁も海上自衛隊も、この作戦で海賊問題が解決することを望んでいた。

艦艇や人材を異世界の、しかも海の果てに張り付けておくのは予算的にも負担だ。その地の国家で問題が解決できるならそれが一番なのである。

ただ、日本は国としてアトランティア会議には参加していなかった。招かれなかったのが主たる理由だが、たとえ招かれたとしても人材を送ることはなかっただろう。というのも日本が国交を結んでいる国は、アヴィオン海ではティナエとシーラーフの二カ国だけだからである。

日本政府は現在、特地の国々と国交を結ぶことを急いでいない。

それぞれの国の実情が掴めていないのに、国同士付き合うには無理がある。また、特地世界は争乱が絶えない。それらの国と国交を結ぶということは、必然的に争いに巻き込まれる事態にも繋がってしまう。だから余程のことがない限り、これ以上関わりを増やさないというのが現政府の方針なのだ。

そのため今回の海賊討伐作戦も、ミサイル艇二隻で遠方から情報収集するだけなのだ。


上空を海上自衛隊のＰ３Ｃが通過していく。

「Ｐ３Ｃからの映像が来ました」

『うみたか』艇長の黒須《くろす》はモニターを覗き込んだ。

「これは……」

メギド島の周囲にこれまた二百隻近い艦艇が集まっていた。どの船も黒い帆を掲げている。

「よし、この様子を教えてやれ」

黒須の命令で、信号旗が揚げられた。


「ニホンの船に信号旗が揚がります」

ティナエ海軍エイレーン号の後部甲板で、周囲を見張りしていた見習士官が報告した。

ティナエ海軍の士官は、海上自衛隊と海上保安庁がやってきて以来、銀座側世界の信号旗を勉強させられている。

カイピリーニャ艦長は振り返った。

「何て言ってきた？」

「海賊艦隊見ゆ。その数およそ二百」

「数の上では概ね互角か……海賊の奴らも生き残りを懸けて連合を組んだんだろうな」

カイピリーニャ艦長は、一網打尽にしてやると言いながらシャムロックを振り返った。

今のやりとりはこの男にも聞こえていたはずだから、改めて報告するまでもないなという確認でもある。

「艦長、連合艦隊全てに伝えてやってくれ」

そこでシャムロックは言った。

十人委員の三つ目秘書が嘯《うそぶ》いた。

「他人から教えてもらったことで恩を着せようっていうの？　阿漕《あこぎ》よねえ」

「使えるものは何でも使わないとな。全艦隊に伝えろ。メギド島に海賊船二百隻ありだ」

カイピリーニャはシャムロックに気付かれぬよう鼻で笑ったものの、彼の指示通り艦隊全てにその情報を伝達してやったのである。


ビクトリア号を中心に、連合艦隊が進んでいく。

ビクトリア号はアトランティア海軍の総旗艦、規模は王城船ほどではないが決して劣らない大きさを誇っていた。

レディの住まいである王城船は一応、建前としては船だが動くことを前提としていない。しかしビクトリア号は戦闘艦としての実用範囲では最も大きい船なのだ。

「ティナエのエイレーン号から、メギド島に海賊船二百が集結しているとの報告が入りました」

　侍従次官がレディに囁く。

　レディは誰の意思でこの情報が伝えられたのかを正確に洞察した。

「あのシャムロックという男、これで恩を売っているつもりなのかしら？　そんなこと、わたくしはとっくの昔に知っているというのに」

「どういたしましょう？」

「とりあえず礼を返しておきなさい。私は海賊について何も知らないことになっているのですからね」

　侍従次官は深々と頭を下げると、「陛下のおっしゃるようにせよ」とビクトリア号艦長に命じたのであった。


　連合艦隊は前進を続け、やがてメギド島を視界に収めた。

　メギド島沿岸には、海賊船が集まっていた。こちらの姿を認めたのか、不定形な群れを作りながら近付いてくる。

「海賊は、正面からやり合うつもりのようです」

　レディは戦場にあっても貴賓室に収まっていない。必要もないのに総旗艦ビクトリア号の最も見晴らしのいい後部甲板に陣取って、全艦隊の様子を見渡していた。

彼女があえてそうするのは、かつて帝位を競ったピニャが騎士団を率いて、ゾルザルと正面から戦ったことを意識していたからかもしれない。

もちろん目に見える景色だけでは全体の詳細が掴みにくいので、甲板には一面を埋め尽くすサイズの海図が敷かれ、船の形をした兵棋が並べられる。

数は彼我《ひが》合わせて四百。

作戦参謀が緊張した面持ちで告げた。

「陛下に状況を解説申し上げます。現在の風向きは南からの和風。連合艦隊は北東に向かって進んでいるので、斜め後ろからの追い風を受けられます。これに対して海賊側は逆風を切り上げながら進まなければならないので、我が方が有利です」

「では、打ち合わせ通りでいいのですね？」

「はい」

「では、予定通りと各国に伝えてください」

どのように戦うかは作戦会議で既に決定されている。

ビクトリア号のマストに開戦を知らせる信号旗が揚がると、連合艦隊はそれぞれの国毎に分かれて七本の縦列を作った。

そのままアヴィオン七カ国の艦隊は、海賊を肉眼で識別できる距離にまで近付いていく。

これに対してアトランティア海軍艦隊は一歩退いた後方に艦列を作る。万が一、どこか味方が不利になった際に駆けつけられる後詰めの構えなのである。

すると床の海図上に並ぶ兵棋も移動させられる。

連合艦隊と海賊船団は互いに向かい合って進み、両者の距離は次第に詰まっていった。

両艦隊が互いに視認し合い、干戈《かんか》を交えるために突き進んでいく。すると戦場となる海域も概ね分かってくるので、『うみたか』と『はやぶさ』は速度を下げた。これから始まるであろう戦いに間違っても巻き込まれないためである。

「ちっ……両艦隊が激突する前に機先を制して海賊の戦意を奪ってしまえば、互いに損害もなく終わるだろうになあ」

そのための力が自分達にはある。ミサイル艇隊司令の濱湊《はまみなと》二佐はそう愚痴った。

すると『うみたか』艇長の黒須が苦笑した。

「あんまり前に出ると、手柄を横取りするのかって、ティナエ海軍の連中に恨まれてしまいますよ。ただでさえ我々はティナエ海軍の連中にはよく思われてないんですから」

海賊をいとも容易く片付けていく海上自衛隊と海上保安庁に対する、ティナエ海軍将兵の心境は複雑だ。

感謝の気持ちはもちろんある。

しかし同時に、自分達の不甲斐なさを如実に感じさせられてしまうのだ。だから助けてくれてありがとうと素直には言えない。そしてその屈折した感情が、逆恨みとなって海自隊員に向けられていた。

当人達もそれを理解しているから、直接どうこう言ってくることもない。

ただ彼らの態度の端々に、あるいは視線に含められた揺らぎめいたものを、こちらも如実に感じてしまう。

これを解消する処方箋は一つしかない。勝利だ。彼らが自らの手でもぎ取る勝利こそが、その屈託の解消のために必要なのである。

「仕方ない。今回は彼らに譲ってやるか」

すると高橋《たかはし》一等海上保安正が言った。

「場合によっては、海に落ちた人員の救助が必要になるかもしれませんよ」

「そうですな……救助隊の役目ぐらいはしてやりましょう」

濱湊が指示して、『うみたか』『はやぶさ』の両艇では準備が進められていった。

海上保安庁の特警隊隊員達が集まる食堂では、潜水員の資格を持つ乗組員がウェットスーツの支度を始めたこともあり賑わっていた。

『両艦隊、近付きます』

スピーカーから見張りの声がする。

いよいよ戦闘が始まるかと思ったその時、P3Cからの報告が入った。しかし、ほぼ同時に砲声が轟き始めたため、濱湊は聞き逃してしまう。

「何と言った⁉　繰り返せ！」

「目標は、海賊ではないと言っています！」

当直士官の松本《まつもと》が叫ぶ。

「なんだと？　海賊でなければ何だというんだ？」

「海賊が帆を白いものに換えているそうです。しかも海軍旗らしきものを掲げています！」

白い帆と海軍旗は、この世界の海では旗国に属している艦船であることの主張だ。

もちろんそれだけでは不十分で、国の元首や政府によって任じられた軍の士官が指揮を執り、その指揮と規律に従う乗組員によって運航されている時に限って、『軍艦』としての権利を主張できる。

しかし、実際に船の上で何が起きているかは分からないから、外見的には所属の旗だけが判断材料となる。だからこそ軍旗を掲げるということは、軍に属している証として絶対必要なのである。メインマストにそれを掲げれば戦意を示す戦闘旗となり、下ろせば降伏を意味することになる。その意匠は目障りだから艦旗を下ろせなどと言われても、軍艦にとっては論外なのだ。

「ど、どこの国の海軍旗だ？」

濱湊が尋ねた。

「あれは……アトランティア？」

松本二尉が、この世界の旗や艦船の形式などをまとめたカタログを手にしている。それは江田島と徳島が収集したものだ。しかしそれを開くまでもなかった。今、目の前に同じデザインの旗を掲げた戦艦がいるのだから。

「どうして海賊がアトランティアの海軍旗を!?」

その回答は、アトランティア海軍がしてくれた。

連合艦隊の後方に位置していたアトランティア海軍艦隊が、砲撃を開始したのだ。それまで味方であったはずのアヴィオン海七カ国の艦隊に向けて。

七カ国の艦隊は、前方を元海賊、後方をアトランティア艦隊に挟み込まれる形となってしまった。

七カ国艦隊は大混乱に陥り、為す術もなく一方的に砲弾を浴びていく。一隻、また一隻と海の藻屑と化していった。

「ど、どうしますか？」

とんでもない騙し討ちが始まった。濱湊が高橋を振り返る。

問われた海上保安庁の高橋は頭を振った。

「これは国と国との戦いであって、海賊対処の範囲外です」

「……」

海賊行為とは人類共通の敵とされる国際犯罪だ。だからこそ海上自衛隊・海上保安庁は海賊対処行動を取ることが出来る。しかし同じ犯罪行動も、国に属し、国家の名の下で行われると話が変わってくる。それは犯罪ではなく軍事行動となるのだ。

海上保安庁は他国の艦船に対して警察権はない。

自衛隊もまた国家同士の争いに関わるには、集団的自衛権などの喧《やかま》しい問題をクリアしなければならない。そもそもそれらは政府の判断だ。

「すぐに司令部に問い合わせろ！」

濱湊の声で直ちにティナエの海賊対処司令に事態の報告が送られた。このまま見過ごしていたら七カ国の艦隊が壊滅させられてしまう。

この報せは、司令部からアルヌスに送られるはずだ。

アルヌスには特地問題対策大臣が常駐していて、閉門の度に連絡が途切れる銀座側政府に代わって政府の方針を決定する。大臣がよいと言えば、基本的に閣議でも追認される。そこで助けろという命令が出れば、何とか出来るのだ。その力が『はやぶさ』と『うみたか』にはある。

だがそれまでは目の前の卑怯な騙し討ちを、黙って見ていることしか出来ないのである。


海賊船団が黒帆を下ろし、その下から白い帆が現れる光景は、ティナエ海軍のエイレーン号からも見ることが出来た。

「しまった……」

海賊であった船がアトランティア海軍旗を掲揚すると、カイピリーニャ・エム・ロイテルは自分達が罠に掛かったことを悟った。

「信号旗を揚げろ。『我に続け』だ！」

そして操舵手に急速回頭を命じる。

エイレーン号のマストに信号旗が揚げられた。

「どうしたんだ、艦長！　何故そんなことをする？」

突如として戦場から離脱を始めたカイピリーニャの行動に、シャムロックは驚いた。

だが回答はカイピリーニャがするまでもない。背後から飛んできた砲弾が全てを雄弁に物語り、シャムロックに現実というものを突きつけた。

ティナエ海軍艦隊の周囲には無数の水柱が上がった。

その中の一発がエイレーン号の船体に直撃し、木材が粉砕して人員が吹き飛ばされた。左右に立ち上がった水柱と、降り注ぐ海水に視界を遮られてしまう。

「何故だ!?」

シャムロックが叫び、カイピリーニャが怒鳴り返す。

「んなこと俺が知るか!?」

「要するに、あたし達は騙し討ちをされたのよ」

すると三つ目美女のイスラが諦めたような口ぶりで語った。

「あの女王《ハーラム》は、この状況で七カ国艦隊を沈めたら、プリメーラお嬢様を旗頭に七カ国統一の戦いに打って出るつもりよ。これでどの国も主力を失って戦力が低下するでしょ？　容易く制圧できると考えたんでしょうね」

シャムロックは何故そんなことがイスラに分かるのか、疑問に思うこともなく叫んだ。

「くそっ、よくもそんな阿漕な計略を思い付くものだ。まともな人間には無理だ。あの女は邪神か魔女に違いない！」


正面には海賊艦隊、そして後方からアトランティアの艦隊。

双方から挟み撃ちを食らったアヴィオン七カ国の艦隊は大混乱に陥った。

右に舵を切る艦がいれば、左に切る艦もいる。

そうして多くの艦がめいめい勝手な針路をとったため、艦同士がぶつかり、艦体を破損して流れ込む海水で傾いてしまう。そうして動きの鈍《にぶ》くなった艦艇は格好の獲物となった。

「ははは、撃ち放題だ。砲弾を片っ端からぶち込んでやれ！」

海賊改めアトランティア海軍所属となったオディール号では、監督官兼掌砲長の号令で右舷に並べた大砲が火を噴いた。

「３０４７番、発射用意！」

「発射準備よし」

大砲の周りでは砲手達がテキパキと動いていく。その中にはパウビーノ達の姿もあった。

「撃て！」

大量の噴煙が砲口から吹き出す。

飛び出した砲弾は目標の艦隊に大きな穴を穿った。

「やったぞ！」

乗組達は歓声を上げた。海軍に所属したと言っても、つい先日まで海賊であったような者達だ。やることはこれまでと大して変わりない。しかしパウビーノ達は違った。

無感動で、周りがいくらはしゃいでも虚ろな目で従うだけだ。

「次だ、早くしろ！　３０４７！　たらたらやってるなっ！」

「はい……」

それも仕方のないことである。

彼らは海岸沿いの村や町で平和な暮らしをしていた。そこにアトランティアの強制徴募隊が突然現れた。有無を言わさず親から引き離され、無理矢理訓練を受けさせられ、大砲とともに船に配属されたのだ。

「くそっ！」

今回の作戦で海賊艦隊の副司令に任じられたドラケは、その様子を見て思わず唾を吐いた。

「提督……規律というものを軽んじられては困りますな」

お目付役を兼ねた参謀が苦言を呈する。

「そりゃすまないな。元が海賊なんで、躾けがなってないんだよ……」

「模範となるべき貴方がそれでは困りますが？」

「そうか。そりゃ悪かったね」

「パウビーノの処遇が提督のお気に召さないようですが、そもそもあなた方海賊だって、これまで捕虜を奴隷にして売り捌《さば》いたり、漕役《そうえき》奴隷として酷使したりしてきたではありませんか。それと何が違うのですか？」

「そうだな……そう言われると、返す言葉もない」

ドラケはそう言って肩を竦めたのだった。


ドラケが甲板に上がると、船大工から転じて海賊の頭目になったドワーフの男が待っていた。

「よお、ドラケ。これで勝ったな」

ダーレル・ゴ・トーハンである。

この男はナーダ号に海上保安庁の特警隊が乗り込んでくる寸前、海に飛び込んで逃げた。その後は行方不明で、溺死したと思われていた。

だが、悪運強く、沈んだ船の破片にしがみついて海に漂っていたら、民間の漁船に救われた。そしてその船を乗っ取り、生き残った自分の配下達の元に戻ると、再び海賊活動を始めたのだ。

その後、レディ女王《ハーラム》の呼びかけに応じてアトランティア海軍に属した。そしてパウビーノの強制徴募に精を出した結果、その功績が認められ今回の偽装艦隊の司令官に任じられたのである。

「喜ぶのは早いぞ、ダーレル。気分のよい勝ちに水を差してくれそうなのがいるだろう？　今のところはどうだ？」

「離れたところでこっちの様子を見ているだけだぜ。まったく動く気配なしだ」

ダーレルは作戦の開始以降、部下達に飛船《とびふね》の動きを観察させていた。

「驚いた。本当に効果があるんだな」

ドラケはそう言ってマストを振り返った。

マストには、アトランティアの海軍旗が翩翻《へんぽん》と翻っている。

今回の作戦でドラケとダーレルが最も心配していたのは、飛船こと日本の自衛艦の動きだ。何百隻と数を揃えたとしても、飛船が敵に回ったら勝てないと思ったからだ。だがお目付役として乗船している作戦参謀とやらは、ダーレルやドラケの心配に対して大丈夫だと告げて、アトランティアの海軍旗を差し出した。

「これさえあれば、ニホンのことは気にする必要がない。大丈夫ですと陛下からのお言葉を賜っています」

「旗？　こんなものがどうして？」

「彼らは海賊を捕らえるために来ています。しかしこれを掲げたら、その時からあなた方はもう海賊ではありません。だから彼らとしても手の出しようがなくなるのです」

「旗一枚で……どうにかなるのかねえ？」

ダーレルもドラケも当初は半信半疑だった。しかし実際に飛船が手出し出来ずに傍観しているところを見ると、もう疑う余地はない。

「どうです、ダーレル提督、ドラケ提督。レディ陛下のおっしゃる通りだったでしょう？」

「ああ、納得した」

ダーレルが苦笑いする。しかしドラケは理由が分からないと食い下がった。

「しかし、どうしてなんだ？　どうして奴らは、旗一枚でそうなんだ？」

「ニホンという国では、他国に対して自ら戦端を開くことは決してしないと、法で定められているからです」

ドラケは驚いたように目を瞬かせた。

「言っている意味がよく分からないが……つまりは自分の側からは、決して喧嘩を売らないってことか？」

「そうです」

「だけど、帝国は酷い目に遭ったよな」

「俺達にだって先手必勝でまったく容赦がなかったぞ」

ダーレルが口を挟む。

「先に手を出したのは帝国ですから。それに海賊行為も別だという考え方です。彼らは海賊行為を人類の敵ともいうべき犯罪と見なしています。海賊に襲われている無辜の民草を救うのは、喧嘩とは違うという訳です」

参謀はダーレルとドラケに告げた。

「アトランティアの旗を掲げている限り、彼らは何も出来ません。こちらから手を出さなければ大丈夫なのです。なので配下の方々に徹底させてください。彼らの船には決して手を出さないようにと。いいですね」

「ああ、分かった」

ダーレルとドラケは若い参謀に対して、二人揃って頷いたのである。

＊　＊

海賊討伐連合艦隊、あるいは七カ国諸国連合艦隊と称される艦隊はこうして壊滅した。

多くの船が沈められ、多くの船乗り達が物言わぬ骸として大海原に漂うこととなった。

エイレーン号はそんな中で運良く生き残った。アトランティアの裏切りを察知して、いち早く戦場を離脱したのが幸いしたのだ。

それでも砲弾の雨を食らったが、『はやぶさ』『うみたか』の側に近寄ると、不思議とアトランティアの海軍は攻撃を止めた。まるで二隻への攻撃と受け取られるのを恐れるかのような振る舞いである。

とはいえ、こうすることでエイレーン号は撃沈を逃れたのだ。

やがて元海賊艦隊はアトランティア海軍艦隊と合流してその場から立ち去った。

現在エイレーン号は、海上自衛隊の『うみたか』『はやぶさ』とともに、短艇を用いて生存者の救出に勤しんでいる。三隻とも掬い上げられた水兵達で、甲板は一杯になっていた。その様子はさながら難民船のごとき有り様である。

「各国の元首達はどうだ？」

シャムロックが、生き残りの将兵の間を歩き回って尋ねる。だが誰もティナエの統領《ドージェ》や他国の元首がどうなったかを知らなかった。彼らも混乱の中でそれどころではないのだ。

統領《ドージェ》が行方不明あるいは死亡となれば、シャムロックにとっては出世の好機だ。にもかかわらず彼がここまで懸命に探すのは、彼が本国に残った委員達の性向を理解していたからだ。

彼らは生き残ったシャムロックの責任を必ず問うだろう。この大敗北の責任から彼を庇ってくれる者はどこにもいない。

シャムロックは『うみたか』艇長の黒須にも尋ねる。

「君達は各国の元首がどうなったか知らないか？」

「各国艦隊の旗艦は、ことごとく沈められるか拿捕されたようです」

黒須はP３Cの捜索から得た情報を告げた。文字通り七カ国艦隊は全滅したのである。

シャムロックは、戦いを傍観しているだけだった自衛官達に詰め寄った。

「くそっ、なんでお前達は戦わないで傍観していた！　あんた達ならここまで酷い結果にならないよう、どうにか出来たはずだろう!?」

　すると司令の濱湊は硬い態度で返した。

「我々は海賊対処のために来ている。アトランティアなどという国との戦闘のためではない」

　濱湊もアトランティアの騙し討ちへの対処をアルヌスに問い合わせた。しかし、その答えは一言一句違えることなくこれと同じであったのだ。

　するとそれまで黙っていたカイピリーニャも、見ていられないと思ったのか口を挟んだ。

「十人委員、そもそも彼らニホンと我が国とは同盟国でも何でもない。彼らは海賊に対する義心で艦隊を派遣してくれただけなのですぞ」

　そしてイスラも言った。

「シャムロック。貴方、ちょっと休んだほうがいいわね」

　シャムロックは歯噛みする。

「ちっ、くそっ……」

　彼がここまで悔しがるのは、自分がレディの策にまんまと乗せられたと理解しているからだ。いや、こんなことはとてもレディの策とは思えない。どこかに優秀な策士がいるに違いない。

「今日のことは絶対に忘れないからな。俺を見逃したことを生涯後悔させてやる」

水平線の彼方に消えていくアトランティア艦隊を、シャムロックはそう唸りながら見送ったのであった。

12

レディ率いるアトランティア艦隊は、決戦の三日後にウルースへと帰国した。

ウルースの市民達は、女王《ハーラム》の艦隊を歓呼をもって出迎えた。

海の民はもともと海賊である。それだけに海賊の側に味方する気持ちが強い。

騙し討ちという行為も七カ国艦隊が相手ならば赫奕《かくえき》たる戦果と評されるのだ。

その先頭に立つことになった女王《ハーラム》レディは、凱旋の喜びと人々からの賞賛を一身に浴びて、これまでにない昂揚感を味わったのである。

その喜びがいかほどのものかは、その後の祝勝会に表れていた。

「わたくし達はアヴィオン海諸国の統一を目指します。七カ国は海軍力のほとんど、あるいは過半を失い、狼狽えて為すところを知らないでしょう。今こそが好機なのです！」

その席でレディは功績のあった提督、戦隊司令達に労いの言葉をかけて回った。そしてこれまで明言せずにおいた、アヴィオン海統一の戦いに打って出ることを皆に告げたのだ。

「アヴィオン七カ国を統一に乗り出すのなら、どうしてあのままティナエやシーラーフに向かわなかったんだ？　この状態で各国に攻めかかっていれば、どの国も為す術もなく制圧できたろうに。まあ騙し討ちだなんだと批難されるかもしれないが、こちらを味方だと信じて背中を向けた相手を後ろから切りつけたんだ。今更ってもんだろ？」

ドラケは一人、批判めいたことを呟いていた。

女王《ハーラム》の宣言を聞いた男達のどよめきと、拍手の渦に紛れて誰の耳にも入らないだろうと思っての発言だ。

「ドラケ提督……」

しかしその声は予想以上に大きく響いて、皆の耳に入ってしまった。たちまち会場は沈黙に包まれ、皆の視線は声の主に集まった。

レディは居心地悪そうにしているドラケに答えた。

「何故あのまま七カ国に戦いを挑まなかったか、ですって？　その問いへの答えは簡単です。肝心なものが我が艦隊に不足していたからです」

「肝心なものとは？」

「陸で戦う兵士です。我が艦隊は今回、艦隊戦しか想定していなかったので、各国を制圧するための軍兵の数が足りなかったのです。そこで直ちに募兵を開始します」

「しかし泥縄《どろなわ》が過ぎませんか？」

「大丈夫です。新たに船を建造しようにも、ひと月やふた月でどうにかなるものではないはずです。こちらが準備を万端整えてからでも遅くはありません」

あちこちで艦長達が頷いた。レディの説明に納得したという面持ちだ。

だが、ドラケは鼻で笑いたくなった。レディの発想は大陸国家型だったからだ。

もしレディが生粋の海の民か海洋国家出身であったら、陸を大兵力で制圧するという言葉は口にしなかったろう。海洋国家は、少人数でも敵方の要点を押さえることで、相手の意思を支配することを考えるのだ。

「ドラケ、そこまでにしておきな？」

ただ、船守りのオディールがドラケを止めた。

「分かってるよ、オディール。お前にしか言わねえ。あの女はな、勝利したことを皆に知らしめて、その賞賛を一身に浴びたかったんだ。そのためだけに、本当の好機を捨てたんだ」

ドラケはオディールの耳に口を寄せると、そう囁いたのだった。


その後、宴席には祝いの料理が次々と運ばれてきた。

それらは、これまでのアトランティアの料理とは一線を画した宮廷料理である。

「これは美味いな。さすが女王陛下《ハーラム》だ。万歳！」

料理のほとんどは、プリメーラが監修したレシピに基づいたものだった。匂いの強い料理に慣れていた海賊達にも好評で、皆は食文化の次元においてもアトランティアが一級の国になろうとしていることを理解した。

だがドラケはこの食事を前にして知り合いの姿を思い浮かべた。

「これはトクシマの料理に似ているな……」

次々出てくる料理を見て、徳島がオディール号に滞在していた時に作ってくれた料理に良く似ていると感じたのだ。それも当然だ。プリメーラの料理は徳島の影響を受けているのだから。

とはいえ、この料理を作ったのが徳島だとは思わない。その程度の近似であった。しかし同じようにオディールも思ったのか、二人の間で徳島達のことが話題になった。

「そういえばあの三人、何してるんだろうね？」

「さあな……あの騒動の最中で、目敏く逃げられるくらいに賢い奴らだ。きっと上手くやって、今頃どこかの料理屋で働いているだろう？ どうしても居場所を見つけたくなったら、最近になって美味いものを出すようになったという店を探せばいい」

「トロワは……どうしてるのかな？」

するとドラケは苦いものでも口に含んだような顔をした。

「トロワ……か」

江田島が探している娘と境遇が合致するし、面差しもどこか似ていた。だからあの男の娘だと考えていた。それをはっきりさせるために、わざわざこのウルースまでやってきたのだ。だがギルドのゴタゴタがあり、トロワはパウビーノとしてウルースの管理下に置かれてしまった。

今頃どこかの船で奴隷のように扱われているに違いない。

それを思い出したドラケは宴の席を立った。

「どうしたんだい、ドラケ？」

「行くぞ、オディール」

食事の途中であったが、オディールもそれに従う。すると同じテーブルにいたダーレルが問いかけてきた。

「おい、ドラケ。どうした？　これからもっと美味い酒と飯が出てくるってのによ」

「悪いな、ダーレル。俺はやっぱり帰るわ。こういう堅苦しいのはどうも苦手でな。肩が凝っちまう」

「ま、俺達みたいな育ちの悪い人間には仕方ないな。けど、これから提督とかいう大層な肩書きを背負っていくつもりなら、こういうことにも慣れないといけないんじゃないのか？」

「慣れたいなんて思ってないんでな」

「ほう、そうか？」

「そういうダーレルこそどうなんだ？　堅苦しいのは似合わないだろ？」

するとダーレルはニヤリと笑った。その笑みは、何か目的があって現状を耐えているのだと感じさせた。

「へえ……カッとしやすいお前とは思えないな」

「一人で海に何日も漂えば、俺みたいな奴だって、ちっとは忍耐を学ぼうとするもんだ。特に、アトランティアの海軍旗を揚げていれば、飛船避けになるって分かったしな」

「そんなに飛船が怖いか？」

「一度あいつらの攻撃に曝されてみろ。そうすれば分かる」

「そうか？　だったら分厚い猫の皮を二枚も三枚も被って、本性がばれないよう頑張るんだな」

ドラケが皮肉を言うと、ダーレルは肩を竦めた。

そして果実酒の入った銀の杯をドラケに捧げ、自分の口元に引き寄せたのだった。


ドラケはオディールと迎賓船を降りると、自分の船に向かった。

場所がウルースの中枢ということもあって、警備の兵がそこかしこにいる。おかげで妙に落ち着かない気分であった。提督の地位を持つドラケなら何の心配もなく歩けるのだが、まだ海賊という気分が抜けきっていないのだろう。

海軍艦隊が入港している埠頭地区へ向かう途中には歓楽街の連なる船区があり、水兵達が騒いでいた。みんな元海賊達だ。

「あいつらと呑むのはどうだい？」

そうしたほうが楽しいよとオディールは誘う。

だが水兵達が楽しんでいるところに、艦長やら提督やらの称号を帯びた人間が紛れ込むのは要らぬ緊張を引き起こす。みんなが楽しくなくなってしまうのだ。

「止めておこう」

ドラケはいろいろ考えた結果、歓楽船区も抜けて埠頭地区にあるオディール号を目指した。

「あ～あ、それもこれもドラケが提督なんてもんになっちゃったからだよ」

「そうだな。すまんかった」

「今からでも遅くないよ……また海賊に戻ろうよ」

「でも、お前の艦長はもうスプーニだろ?」

「スプーニなら分かってくれるよ。あいつも艦長って呼ばれるの、なんだか居心地悪そうにしているし」

「そうなのか?」

「そうだよ」

「ただそうするにしても、パウビーノをなんとかしないとな」

今や海賊活動に大砲の存在は欠かせなくなっている。そのためにはパウビーノを揃える必要があるのだ。

以前オディール号に乗り込んでいた奴らを探し出して直接誘ったら、何人か来てくれるのではないかと、ドラケは淡い期待を抱いている。それくらいの関係は築いてきたつもりなのだ。

だが、既にパウビーノは全て王宮の管理下に置かれている。

国に囲い込まれて近付くことも出来ないのが現状だ。

「どうしたらいいんだろうな？」

二人がそんなことを言いながらオディール号のすぐ近くまで来ると、ドラケ達の前に三つの人影が立った。その現れ方を見ると、暗がりに隠れてドラケがやってくるのを待っていたようだ。

「なんだ、お前達？」

ドラケを庇うようにオディールが前に出る。だが、人影からは敵意を感じない。

「お久しぶりです。ドラケ船長」

それどころか再会の挨拶をしてくるので、ドラケは暗がりで目を細めた。

その正体は、徳島と江田島、そしてメイベルであった。

「おお、トクシマじゃないか！　エダジマ、メイベルも！　お前達、今どこで何をしてるんだ？　実はついさっきお前達の噂をしていたところなんだぞ」

「実は船長にお話があるんです。聞いてもらえますか？」

再会を喜ぶドラケに対し、そう切り出した徳島の口調はいささか緊張を含んでいた。

そしてドラケを、込み入った話をするに相応《ふさわ》しい酒場へと誘ったのである。

徳島達の選んだ酒場は、水兵達はあまり近寄らないような店だった。だからといって高級という訳ではない。地元民で賑わっている店なのだ。

おかげでドラケやオディールも堅苦しさを感じずに済んだ。

「話ってのはなんだ？」

ドラケは席に着くと、真向かいに座った徳島に問いかけた。

「実は――」

徳島達が語り出す。店内の陽気な喧騒に相応しくないその沈痛な表情を見ただけで、何かよくない話だとドラケには感じ取れた。そしてそれは実際、ドラケの感情を激しく揺さぶる話だったのである。

「……なんだと？」

ドラケは目を据わらせる。聞き終えた時には握り拳に力が入って震えていた。

「それは、嘘じゃないだろうな？」

「確かめれば分かる話です。これがパウビーノの置かれている境遇なのです」

徳島と江田島は、兵営船に忍び込んだ時に全てを目撃した。

兵営船の一部は阿片窟《あへんくつ》になっていて、大勢のパウビーノが横たわっていた。少年少女達は逆らう気も失せるようにと、魔薬の力に完全に耽溺《たんでき》させられていたのだ。

江田島は告げた。

「我々は何の備えもなく兵営船に突入したものですから、私はかなり煙を吸い込んでしまい危うく酩酊《めいてい》してしまうところでした。徳島君がいなかったら危なかったです。本当なら子供達を助けるべきだったのでしょうが、脱出することしか出来ず……」

徳島にしても、シュラの脱出を支援するため兵営船でボヤを起こすべく、油をかけて火を着けるだけで手一杯だったのだ。

オディールは、徳島と江田島の証言をまとめた。

「つまり何かい？　王宮の奴らは、パウビーノを薬漬けにすることで、言うことを聞かせているというのかい？」

徳島が頷くとドラケは言った。

「ようやく得心がいった。どうりでパウビーノの奴らが死ぬまで魔法を使い続ける訳だ……もともと、魔導師にはなれないと師匠から言われるほどに魔力の弱い奴らだ。そんなのが力を振り絞って、死ぬまで大砲をぶっ放している理由がまったく分からなかったんだよ。何か信念めいたものがあってそうしているのかとも思っていたんだが……。

薬で無理矢理やらされていたって訳か……」

「王宮がそんな女衒《ぜげん》やヒモみたいなことに手を染めるなんて世も末だねえ」

オディールはそう言って笑った。

「気に食わない……気に食わないぜ、まったく」

ドラケが呟くと、徳島は尋ねた。

「で、船長。どうしますか？」

「助け出すしかないだろう⁉」

「そう言ってくださると思っていました」

江田島がようやく笑った。

「はっ、俺がどう答えるか分かってて声を掛けた癖に……」

「でも、繰り返し確認するけど、あたいらを担《かつ》いでないだろうね？　その話、本当なんだろうね？」

訝しがるオディールに、徳島は答えた。

「実際に兵営船に行って子供達を見れば分かることです。嘘など吐いてどうするのです？」

「問題は、どうやって助け出すかだな……忍び込んでというのは無意味だろうしな」

ドラケは助けると口にしたものの、その実行の難しさに思い悩んだ。

「彼らは薬に依存しきっています。だから助けるから付いてこいと誘っても、決してこないでしょう」

「だろうねえ」

オディールは肩を竦めた。薬をどれほど嫌がっていた人間でも、一度身体に入れてしまえば二度目は自ら手を出すようになる。薬を供給する人間から離れがたくなってしまうと彼女は説明する。

「もしも本気でパウビーノを助けるつもりなら、奴らを力尽くで引っ張っていって、どっかの島にでも閉じ込めて、身体から薬を抜くまで面倒見てやるしかないんだ」

「随分とお詳しいようですね？」

江田島が尋ねると、オディールは笑いながら答えた。

「以前あたいの呑む酒に薬を盛ろうとした奴がいてね」

「おいおい……」

ドラケは心配の声を上げる。だがオディールは何のことはないと肩を竦めた。

「大丈夫。何もなかったから……ただあれ以来、そのまま薬を盛られたら、どんなことになるのか興味が湧いてお勉強してみたのさ。そういうのは普通、女衒やヒモ野郎が、女を虜にするのに使うってことが分かった。色街の女が、客に何度も足を運ばせたくて使うこともあるのさ。知ってるか？　闇社会には、もっと恐ろしいものもあるんだぜ。人間を狂わせちまうようなキノコとか、麦に出来る角とか、そういったものを魔導師の奴らがちょろちょろっと弄《いじく》って、いろんな効果が出るよう調合したものさ。人間をオークみたいな怪力の化け物に変えちまうようなものもある。怪力を得る代わりに、すぐにおっ死《ち》ぬけどねえ」

オディールは自分の知識を語り、更に続けた。

「問題はさ、二千人を超えるパウビーノをどうやって連れて行くか、どこに閉じ込めておくかってことさ。あんたら何か考えはあるのかい？」

「あります。問題を一気に解決するよい方法を、徳島君が考えました」

江田島は両方の解決はそう難しいことではないと告げた。

「徳島君、説明を」

「はい……」

徳島は自分が考えた作戦の構想をドラケに語った。

「それはなかなかに大胆だな。本当にお前が考えたのか？」

「もちろん俺一人じゃ無理です。実行計画の具体的な部分は、江田島さんにも手伝ってもらいました」

「何を言うんです。私が考えたのは、君のアイデアを具体化する部分だけじゃないですか。こんな大胆なこと、君じゃなきゃ発想すら湧きませんよ」

ドラケはこの計画を、徳島発案・江田島監修と理解した。

「問題は、これをするには戦力が足りないってことだ。せめてもう一隻軍艦があればな。それに、アトランティア海軍が追ってくるはずだ。これからどうやって逃れるかも考えてあるんだろうな？」

「もちろんです。その方法については私が考えました。船長には、作戦に沿った臨機応変の対応をしていただければよいのです」

「分かった。なら、俺は何をすればいい？」

ドラケが前のめりになる。すると徳島は自信たっぷりに計画を語ったのであった。

＊　　＊

シュラがあちこちで騒動を起こし、オデットが王城船を強引に覗き込んだあの日以来、ティナエ海軍所属オデットⅡ号とその乗組員達は拘束を受けていた。

艦はウルースの桟橋船に繋がれ、桟橋船には常時海兵隊が待機している。艦長シュラ、船守りオデットは当然のこと、一般の乗組員も含めて一歩たりとも外に出ることは許されないのだ。

そして艦の周囲も海軍の艦が張り付くようにして監視している。短艇はおろか、泳いで艦外へと向かうことも許さないという態勢で、まるで艦が牢獄にでもなったようである。

とはいえ本来ならば船ごと撃沈されてもおかしくなかったため、これでもかなりの温情処置だということは理解していた。

アトランティア側は、余程プリメーラの機嫌を損ねたくないらしい。その様子からでも、今後のレディの計画に彼女の存在がどれだけ重要かが分かった。

それに、プリメーラがオデットに託した情報が、時を経れば無価値になってしまう性質のものということもあるだろう。レディの陰謀が成功するまで行動制限していれば十分なのだ。

「このままじゃ、あの苦労が台無しになってしまう……」

シュラは艦長室を右へ左へと歩き回っていた。

ここで手を拱《こまね》いていたら、ティナエ海軍どころか七カ国海軍の主力が壊滅してしまう。

何としてもこの情報を味方艦隊に通報せねばならない。しかしいくら考えてもその方法が思いつかないのだ。

「オディ、あのキィィインって奴で強引に包囲を突破できないかな?」

オデットの義足に付けられたジェットエンジン。あれを使えば脱出できるのではないかとシュラは言う。

だがオデットは頭を振った。

「燃料が足りないのだ……」

あの強力な出力は、燃料が十分あってのこと。手元に残っている燃料では、時鐘一回分(三十分)も飛べないとオデットは語る。包囲網を脱出する時だけ使って、後は通常飛行するという発想もあるが、船で何日も航海するような距離を、ひたすら飛び続けることはどんな翼人にも不可能なのだ。

「まいったなあ」

シュラは頭を抱えた。

二人は、こんな会話を毎日毎日繰り返していた。そしてその積み重ねが一日、二日、四日と過ぎていってしまった。

そして今日――オデットⅡ号を見張っていたアトランティア海軍の艦が、唐突に移動を始めたのである。

「どうしたんだい？」

言わずとも答えは知れる。オデットⅡ号は解放されたのだ。

シュラが、埠頭船で部隊を整列させ撤収しようとしている海兵隊長トッカーに尋ねた。

「昨日、レディ陛下が戻られたのですよ」

「女王《ハーラム》が戻った？　昨日？」

「ええ、凱旋です。ウルースの民が総出で出迎えたのですが、ご存じありませんでしたか？」

「………聞いてない」

「凱旋式はウルース北側でしたから、ご存じなかったのも仕方ないかもしれませんね。陛下は大戦果を挙げられたのです」

つまり七カ国艦隊は壊滅したということだ。レディが昨日帰ってきたというのなら、実際に戦いがあったのは数日前に違いない。オデットが命懸けで手に入れた情報は、数日前に既に無価値になっていたのだ。

だから警備の海兵も引き揚げようとしているのだという。去りたければどこへなりとも好きにしろという意味だろう。

「ボク達の待遇はどうなるのかな？」

シュラは問わずにいられなかった。

「特に命令はされていないので、これまで通りだと思われます。また王城船区で騒がれてはたまりませんので監視は付きますが、乗組員を上陸させるのも外とやりとりするのも、ご自由にということです」

「分かったよ」

結局、悔いだけが残る結果になってしまった。

「せっかくの苦労が無駄になってしまったのだ……」

オデットも肩を落として嘆いた。

その時、副長がやってきて告げた。

「艦長、本日の水の補給です」

拘束を受けているとはいえ、アトランティアは水や食料を断つつもりはなかったらしく、乗組員が必要とする食料や水の最低量の補給は受けることが出来た。

毎日補給にやってくる納入業者が、今日の分を運んできたのだ。

「補給活動に伴う作業を許可するよ」

シュラが気だるげに答える。

そのやる気のない表情に初老の副長は嘆息した。しかしこの状況では仕方もないことだと諦め、舷側から身を乗り出して許可を待っている業者に告げた。

「よし、許可が出たぞ。乗艦してよし！」

「ありがとうございます」

業者の男達が舷梯を渡って乗り込んでくる。みんな大きな樽を転がしていた。その中に水が詰まっている。

「それは艦首側の食料庫だ、こっちは艦尾側の……」

やる気が失せていても艦長としての責任感までは失っていないシュラは、作業が始まると少し遅れながらも立ち会いのために作業の場へと向かった。

そして副長の指示を受けながら樽を運んでいる作業員の中に、見知った顔を見つけることになった。

「やあ、シュラ艦長……」

「えっ？」

左目をコシコシと擦って、もう一度目の前の男を睨む。

徳島がいた。作業員達の中には、江田島とメイベルの姿もあった。

思わずその名を呼ぼうとしたが、シュラは慌てて口を噤《つぐ》む。彼ら三人が作業員に扮しているのは、何か内緒にしたい理由があるからに違いない。オデットⅡ号は解放されたが、監視の目は今でも光っているのだ。

「副長！」

「なんでしょう、艦長？」

副長が問いかけてくる。

「この三人を後で艦長室に連れてきてくれたまえ」

シュラは徳島と江田島、メイベルを指差した。

「この者達が、何か失礼なことでも？」

「いや、ボク達はいろんな情報を得る必要があると思うんだ。この艦を監視している連中に分からないようにしながらね」

「確かに。はい、確かにそうですね！」

シュラが精彩を取り戻したように見えた副長は、嬉しそうに応じた。

そしてシュラが艦長室に戻ると、副長は少し遅れて納品書類に不備があると難癖をつけ、そのままサインする訳にはいかないので事情を艦長に説明しろと、指定された三人を艦長室へと連れていったのである。

「やあ、三人ともよく来てくれたね」

艦長室に入ると、シュラは待っていたかのように相好を崩した。オデットも部屋にいて徳島を見るなり飛びかかるような勢いでしがみつく。

「トクシマ、会いたかったのだ！」

「離れるがいい！」

メイベルが慌てて二人を引き剥がそうとしている。

「この三人と艦長はどのようなご関係ですか？」

オデットと徳島、そしてメイベルがじゃれ合うのを見て副長は呆れた。

「ああ、すまない。君に詳しく説明している暇がなかったからあんなことを言ったけど、実は彼らはボクの友人にして恩人なんだ……」

シュラが副長に説明をしているうちに、オデットとメイベルの争いは一段落していた。徳島の右にメイベル、左にオデットという配置につき、徳島を半分に分け合うことで妥協がなされたようだ。

シュラの紹介を聞いた副長は、合点がいったように頷いた。

「あなた方がそうでしたか。皆さんのことは艦長からよく聞かされていました。艦長がニホンに行った時に、大変お世話になったそうですね？」

「いえ、大したことはしていません」

「貴方がトクシマですね？　料理の腕前と、海での大立ち回りは聞いています。ウチの船守りが惚れるのも仕方ないですね。そして貴女が亜神メイベル……そして貴方が伝説のエダジマですね？　貴方には苦情を是非言いたい。貴方のせいで、後任の私がやりにくくてしょうがないんですから。艦長は、副長になる人間はみんな貴方のように出来ると思い込んでいるのです」

そう言われても、と江田島は笑うしかなかった。

「それで、その貴方達が納入業者に扮してまでやってきた理由はなんでしょうか？」

徳島が説明を始める。

「ティナエが今、危機的状況だというのはお二人ともご存じですよね？」

「もちろんだよ。だけど今のボク達には何も出来ない」

シュラは悔しそうに言った。

「確かに艦隊は壊滅してしまったかもしれません。でも、俺達にはそれを放っておくなんて出来ません。立て直す方法を何としても見つけないと」

「でも、どうしたらいいか？」

「その方法はこうです」

徳島はどのような作戦を行うか、その概略を告げた。

「か、海賊よりも凄いことするね。だけど、それで何とかなるのかい？」

すると江田島が補足する。

「ええ。レディ女王《ハーラム》が勝利の余勢を駆って、七カ国を制圧する戦いに出てしまったのなら手遅れでしたが、女王《ハーラム》は艦隊を率いて一旦戻ってきました。今なら、この作戦が成功しさえすれば、七カ国は軍を立て直すための時間を手に入れることが出来るはずです」

「けど、上手くいくかな？」

「はい。レディ女王《ハーラム》は元海賊だった者達を完全には信頼していません。その統制のために大砲とパウビーノを使っている有り様です。薬物を使ってまでしてね」

「薬を使ってるだなんて、穢《けが》らわしい行為だね」

「そう思うのは、艦長の精神が健全な証拠です」

副長がそう言い、江田島も同意した。

「とはいえ、せっかく大切なものを一カ所に集めてくれているんです。その子達をまとめて連れ去ってしまえば、アトランティアはしばらく統一戦争に打って出ることが不可能になります。大砲で繋いでいた海賊達の統制もとれなくなるでしょう。女王《ハーラム》は再度の準備を終えるまで、全てを先送りしなければならなくなるのです」

そしてその時間を用いて、各国は再軍備を急げばいい。

「分かったよ。でもこれだけは確認しておきたい」

「なんでしょう？」

「これをすることで、君達はどんな益を得られるんだい？」

シュラは徳島と江田島に問いかけた。

海上自衛官である徳島と江田島が、この作戦を行うのには当然ながら日本にとっての利益があるからだ。日本が得るものが、ティナエにとっての利益とは限らない。時には害になることもありうる。それを知っておかなければ、シュラはどれほどよい作戦に思えても乗る訳にはいかないのだ。

江田島が答えた。

「我々の任務は、条約に反してこの特地に違法な技術や知識を移植しようとする者、あるいは組織を見つけ出すことです。そしてこれまでの調査の結果、パウビーノが収容されている施設に、それらの人間が匿われていると分かりました。私達はこの作戦により彼らの存在が炙り出されることを期待しています」

「君の企図しているところは理解した。けどその計画では、プリムをここに置いていってしまうことになると思うんだけど？」

するとは徳島が横から口を挟んだ。

「彼女のことは、今回は諦めて欲しい」

「でも、子供にすら薬を使うような奴らのところにプリムを残していくのは嫌だ」

シュラは事情を知って、プリメーラ救出の意志をより強くしていた。レディがプリメーラを傀儡とするために薬物を使用するのではないかと思えたからだ。

「大丈夫ですよ」

すると江田島が言った。

「どうしてそう言えるんだい？」

「レディが、プリメーラさんに求めているのは、ただ傀儡となることだけではありません。政治の表舞台に立つことです。その役目を果たすには頭脳の明晰性が必要になります。薬物の長期的使用は逆の効果しかもたらしません」

「レディ女王《ハーラム》はそこまで馬鹿ではないと？」

「私の見るところ、レディ女王《ハーラム》は感情を優先させるところがありますが、愚鈍ではありません。薬物よりは脅迫や取引でプリメーラさんを操ろうとするでしょう。例えばティナエの民衆を酷い目に遭わせたくなければ言うことを聞け……といった感じでしょうか？　彼女の人となりならば、それだけで言いなりになりますよ」

「確かにそれはプリムにとっての大きな弱点だね」

「はい。しかしその弱点があるが故に、彼女は安全なのです」

「分かったよ」

シュラはその説明で心配を封印することを受け容れた。

「繰り返しますが、今回の作戦では同時に二つを救うのは無理です。シュラ艦長、プリメーラさんを助けるか、それともティナエを救うか、二つに一つ……決めてください」

「今すぐ答えないといけないかな？　これはボクだけの問題じゃないから、アマレットとも相談したいし」

シュラはオデットを振り返る。

するとオデットは艦長室を出てメイド主任のアマレットを呼びに行った。

「ええ、確かに重大な決断です。時間が必要ですね……」

江田島はよく話し合ってくださいと伝えたのだった。

「そんな!?　ダメに決まっています」

プリメーラを心配するアマレットは、強硬に反対した。

故国を救う作戦はいいが、それをするならプリメーラも同時に救わなければならないというのである。

シュラは先程の江田島と同じ説明をして、その上で付け加えた。

「残念だけど、ボクらには同時に双方を救う力がないんだ」

三人の話し合いを、徳島は傍らで見ていた。

だが、ふと江田島が徳島の袖を引いた。

「三人だけにしてあげましょう。我々がいたら口に出来ないこともあるかもしれませんし」

本音を交えたやりとりが必要なのだと江田島は言った。

「そうですね」

納得した徳島は、江田島とメイベルとともに艦長室を出たのである。

＊　＊

徳島と江田島、そしてメイベルが待っていると程なく副長がやってきた。

「艦長がお呼びです……」

副長の先導で、三人は再び艦長室へと向かった。

「決まりましたか？」

中ではシュラ、オデット、アマレットが座っていた。三人ともひとしきり泣いた後のようで、目が真っ赤だ。

「今回はプリムよりも国の安全を優先する」

シュラが言いながら江田島に歩み寄る。その表情から理性と感情が、シュラの身を引き裂きそうになっているようであった。

「お辛いでしょうね」

江田島がシュラの手を握った。するとシュラは勇気付けられたように握り返した。

「大丈夫だよ、副長。ボクは決められる。正しい選択が出来る……」

江田島を「副長」と呼んだシュラを傍らで見ていた本来の副長が、徳島を見て肩を竦める。

「いいよ。やろう。パウビーノを助け出して、ティナエを危機から救うんだ。ただし、どうしても譲れないことがある……これだけは受け容れてもらうよ」

「それは何ですか？」

「プリムに必ず助けに行くと、それまで待っていて欲しいと伝えることだ。プリムはボクの選択を支持すると言ってくれたけど……だからこそ、それだけはしておかないといけない」

「当然ですね。では、作戦の詳細を説明いたしましょう」

江田島はそう言うと、懐から書類を取り出して広げた。シュラの希望を受け容れて作戦を若干変更すると、打ち合わせを念入りに行ったのである。

13

アトランティア・ウルース。海軍桟橋船区。

そこでは、オディール号が出帆の準備を整えていた。

次々と倉庫船から食料や水を詰めた樽が運び込まれていく。

「ちっ、凱旋してきたばっかりだってのによ、何だってすぐに出航するんだ、この船は？」

作業に従事する荷役係は、仕事だからやっているという顔をしていた。荷役係の長は、のんびり出来るはずなのに仕事を持ち込みやがってと呟いている。

するど艦長のスプーニが言った。

「強制徴募だよ。ダーレルの奴が大提督になれたのだって、強制徴募の時に女王陛下《ハーラム》の覚えがめでたかったからだ。作戦直前になれば、またあちこちの艦が一斉に強制徴募を始める。そうなったら獲物の数が少なくなって手柄にならないだろう？」

すると港湾の荷役係も今更気付いたように、違いないと言う。そしてせいぜい得点を稼いで来いよと愚痴を零しながらも樽を運んだのである。

「お前達、急げよ！」

オディール号では、ドラケが乗組員達を急かしていた。

「らーらほー、お頭」

「馬鹿、船長だ！　いやまだ早い！　出航するまでは提督って言え、提督ってな」

「しかしよくぞこれだけの乗組員が、海賊に戻ることを受け容れてくれましたね」

作業を手伝っている徳島が感心する。すると江田島が代わりに答えた。

「徳島君。これこそが人徳というものなんですよ」

ドラケの呼びかけに応えて、海賊に戻ってもいいという男達がこれだけ集まったのは、紛れもなくドラケの人徳に他ならない。もちろん海軍に属したままでいたいという者もいた。ドラケはその選択をした者を追いかけもしなければ恨みもしなかった。彼らには彼らの生き方があるのだと受け容れたのである。

「船長、ボクはどうしたらいいです？」

そうした海賊志願者の一人、厨房の助手の少年が何をしたらいいか分からないと報告してきた。

「パッスムの奴は、どうしたんだ？」

パッスムもまた、二つ返事でドラケの呼びかけに応えた。だからこそ、どの埠頭からいつ出発するのかを伝えたのである。

「パッスムさんの姿が見えないんです」

「あいつ何をしているんだか……仕方ない。トクシマ、頼めるか？」

「えーと……」

「とりあえず昼飯の支度でいいから。頼むよ……」

なし崩し的にオディール号の司厨長にしてしまおうとする意思があからさまに見えて、さすがの徳島も「うん」とは言えない。しかし何故か江田島がドラケの側に立った。

「トクシマ君。手伝ってあげなさいよ」

「りょ、了解しました」

徳島は江田島に言われてようやく従ったのである。

「それじゃあ、助手君、君は厨房に積み込んだ道具整理だ。それが済んだら、湯を沸かしておいて欲しい。出来るね？」

「はい。司厨長！」

「俺は司厨長じゃないって……」

徳島の言うことも聞かず、助手は勇んで厨房へと下りていった。

オディール号の航海士に戻ったスプーニが、艦長室のドラケに作業の進捗具合の報告に来た。

「船長、船具、帆布、備品、水の積み込み完了です。食料もあと少しです」

ドラケはスプーニの顔を見るなり謝った。

「悪いな、スプーニ。せっかく艦長にまでなったのに、また航海士に後戻りだ」

「いいんですよ、船長。俺がオディール号の艦長なんて荷が重いんです。だいたい、あのオディールに、いつもあんたと比較する目で見られるんですぜ……やってられませんって」

スプーニは言いながら後ろ髪を掻く。

「ほんとか？」

ドラケがオディールを振り返る。

「そんなことしたつもりはねえんだけど……」

オディールはばつの悪そうな表情をした。そのつもりはなくても、そう感じさせる行動をしていなかったかといえば自信はなかった。

「今は、新生ドラケ海賊団の立ち上げに加われて光栄です！　これからもよろしくお願いしますよ、船長！」

「分かった。待ってろよ、スプーニ、いつかお前の船を用意してやるからな」

「その約束、楽しみに待ってます」

その時、パンペロが叫びながら駆け込んできた。

「大変ですお頭、アレを見てください！」

外を見ると、乗組員達数名が埠頭船を指差している。

「船長と呼べ！　ってどうした、何があった？」

「海兵隊です！　海兵隊の奴らが来ました！」

見ると、海兵隊が物々しい装備でやってきたのだ。

「海兵の乗り込みなどまったく予定していないぞ」

ドラケが声を掛けたのは、あくまでも自分の海賊団の旧メンバーだ。なのに海兵隊がやってきたとなれば、見送りが目的ではないだろう。どうやってか事態を察知したアトランティア海軍上層部から、オディール号の脱走を防ぐ命令を受けたに決まっているのだ。

「おい、戦闘用意だ！　白兵戦よーい！」

スプーニが大声で叫ぶ。すると乗組員達も作業を放り出して剣を手にした。

「どうしてこのことが奴らに知られたんだ⁉」

海軍に残ることを決めた連中は、ドラケがどの船で、いつどのように脱走するかまでは知らないはずなのだ。

だが、その答えはすぐに知れた。

「パッスムの野郎です。あいつが手引きしたんだ！」

海兵隊の先頭にパッスムの姿が見えた。

「ちっ、あの野郎！　裏切りやがって！」

オディールが罵倒する。

だが、ドラケは憎むより感心した。

「いかにも奴らしいな。海賊の料理人でいるより、アトランティア海軍の料理人でいるほうが先があると見越したんだろう。今回の俺の脱走を知らせれば上の覚えもめでたい、より高い地位が望めるしな」

「お頭、感心してる場合じゃありませんぜ！」

「分かってる。左舷直《ちょく》は武装して海兵を防げ！　荷物の積み込みはこれで切り上げだ！　右直《うちょく》員は出航準備を急げ！」

ドラケの命令で戦いが始まった。

厨房でこれから仕事を始めようとしていた徳島にもそれは伝わる。

「君は言いつけた仕事をしているんだ。火の面倒と、料理の下拵《したごしら》えだ。分かるね？」

徳島は助手の少年に命じた。

「は、はい。司厨長」

「だから、司厨長じゃないって……」

徳島はエプロンを置き、すぐに階段を上がったのだった。


徳島が甲板に上がると、船の舷を挟んだ矢の放ち合いと、狭い通路での白兵戦が始まっていた。

喊声と剣刃が混じり合う激しい戦闘が行われている。

見ればドラケが自ら剣を抜き、乱戦の最前線に立っていた。

「徳島君！　こちらを手伝ってください」

江田島は乗組員達とともに出航の準備を急いでいた。ウルースを出るには、櫂を舷側に設置し、埠頭船に繋がる舫いを外さなければならない。

徳島は櫂を設置する乗組員達の列に交じった。

「櫂の設置終了！」

漕手長がスプーニに報告する。

「舫いの解纜《かいらん》は？」

「ま、まだです！」

いつの間にか埠頭船が敵で一杯になっていて、舫い綱を解こうにも誰も近付けない。

「構わないからぶった切れ！」

スプーニが斧を片手に舷側に向かう。そして手首ほどの太さのある綱に向かって振り下ろした。

斧の一撃を受けた綱は、その太さの半分ほどが千切れる。

「もう一発！」

更にスプーニが斧を振り上げた。

だがその時、埠頭船から飛んできた矢がスプーニの胸を貫いた。

「スプーニは斧を取り落とすと、そのまま海に転落していった。

「スプーニ航海士⁉」

「ぐっ！」

「スプーニ！」

「航海士‼」

埠頭船ではスプーニを仕留めた海兵が得意げに弓を掲げている。

「くそっ！」

徳島が突き進んだ。途中でスプーニが取り落とした斧を拾い上げる。

矢が飛んできたが、それを予想していた徳島は伏せて躱す。しかし続いて二本三本と降り注いだため、なかなか舫い綱に近付けない。

するとメイベルのトレイが、飛んでくる矢を甲高い音とともに払いのけた。

「ハジメ、大丈夫じゃ、躬を信じるがよい」

メイベルが自ら身を挺して、徳島の前に立ちはだかったのだ。

「分かった！」

防御をメイベルに託した徳島は舫い綱に近付く。そして渾身の力を込めて斧を振り下ろし、舫い綱を断ち切った。

「急げハジメ！　正直きつくなってきた！」

雨のごとく降り注ぐ矢が増えてきて、メイベルは身体のそこかしこに傷を負っていた。もちろん亜神故にすぐに治ってしまうが、苦痛から逃れられる訳ではないのだ。

「メイベル、ごめん」

徳島は歯を食いしばるとメイベルの掩護の下、続けざまに三本の舫いを断ち切っていった。

作業を邪魔しようとする矢が徳島にも降り注いだが、メイベルがことごとく防ぐ。その間に徳島は舫い綱を全て断つと、櫂を握った漕手達が埠頭を突き、オディール号を少しずつ離していった。

「船長、出航しますぜ！」

パンペロが海兵と切り結んでいるドラケに叫んだ。

「お前達、出航だ！　戻れ！」

するとドラケは海兵と戦いながらも少しずつ後ずさった。

配下の海賊が舷梯に向かって走るのを、ドラケが殿《しんがり》となって掩護する。

少し下がっては追いかけてくる敵と切り結ぶ。そして海兵がドラケの剣の鋭さに怯むと、再び後ろに向かって走るを繰り返すのだ。

こうしてドラケが舷梯を渡りきると、海賊達は舷梯を海に突き落としにかかった。既に埠頭から離れてかなり外れかけているから、すぐにぐらぐらと揺れた。

ドラケを追ってきた海兵達は、舷梯の中程から慌てて来た道を戻ろうとする。しかし間に合わず、何人もの海兵が舷梯もろとも海に落ちていく。

戻るよりオディール号に向かったほうが早いと判断した海兵もいたが、辿り着いたところをドラケにぶん殴られ、やはり海に落ちていった。

「くそっ！　逃げられたか」

海兵隊長トッカー海尉は、埠頭船とオディール号との間が大きく広がっていくのを見ると、歯噛みする。

「提督に報告だ！　オディール号は出航したと伝えるんだ」

埠頭船から離れてしまった船を止めるには艦隊の力が必要だった。


「野郎ども！　両舷全速！」

埠頭船を離れて水路に入ると、ドラケは怒鳴った。

「手の空いている奴らは全員甲板に上がれ！」

一本の櫂に乗組員達が二人も三人も群がり、へし折れろと言わんばかりの勢いで漕いでいく。

「両舷、第一戦闘速度！」

ずらっと並ぶ櫂が一斉に海面を叩き、波飛沫を上げた。

渾身の力で引くために太く長いはずの櫂が撓《しな》る。そんな漕手達の右舷側には徳島と江田島の姿もあった。

「ドラケ！　艦隊が来るよ！　左舷側二点！」

その時、黒翼の船守りは空に上がっていた。高みから周囲を見渡す彼女は、オディール号を追って出航した海軍の艦をいち早く見つけていた。

「ちっ、奴らも動きが速い！」

水路の前方を睨むと、海軍の艦隊がいよいよ姿を現す。ムカデの脚のような櫂が、揃って水を叩いている。海面を疾走する速度でこちらに向かってきていた。

「あれは……ダーレルの艦！」

それはダーレルが率いる四隻の艦隊であった。

「ドラケ、お前のことだからいつか脱走を企てると思ってたぜ！」

自分の艦の舳先に立ったダーレルは、単眼鏡をしまうと背後の部下に問いかけた。

「大砲の用意は出来てるか？」

「た、大砲はありますが、パウビーノを乗せてません！」

「何だと!?」

王宮から送られてきた艦隊参謀が、ダーレルに胸倉を掴まれて額に汗を浮かべる。猛獣に睨まれた子リスがごとく震えていた。

「ハ、女王陛下《ハーラム》の許しがなければ、パウビーノは乗せられませんので……だから許してください、ごめんなさいと参謀は必死になって言い訳した。

「ちっ……仕方ねえ、衝角《しょうかく》戦でけりを付ける！」

全ては慌てて出航したせいである。だが大砲以外にも戦う術はある。

「全員、移乗戦闘の用意だ！」

仕方なくダーレル艦隊は、艦隊四隻の間隔を広げて水路を塞ぐように並べると、オデイール号に向かって直進することにした。

「統括、これは不味いですね」

海軍の艦隊が真っ直ぐ向かってくるのは、前方に背を向けて漕ぐ徳島達からは見えない。だが、何が起きているかは周囲の士官や乗組員の表情から窺うことが出来た。

「ええ、このままだと激突してしまいます。そうなったら行足が止められ、他の船に前も後ろも取り囲まれてしまうでしょう」

「どうしたらいいんですか？」

「私には思いつく手が一つ二つありますが……ここはドラケ船長のすることを見守るしかありません。この船の指揮官は彼なのですから」

江田島は、ドラケの采配を待つよう徳島に告げた。

「右舷停止！」

ドラケが叫ぶ。

「どっせい！」

徳島は櫂の先を海中に突き刺して渾身の力で支える。すると櫂の先が海面を深く切り裂き、船体は右に向かって急速に回頭していった。

これで正面から向かってくる敵に対し、オディール号は左舷の脇腹を見せる形になった。

「馬鹿め！　奴の土手っ腹に衝角を突き立ててやれ！」

ダーレルの船は真っ直ぐ突き進む。ダーレルの左右にいる船もオディール号の船腹を目指して進んだ。

ドラケが命じる。

「右舷、死に物狂いで漕げ！　前進いっぱーい、左舷は後進いっぱーい！」

「こ、後進⁉」

海の流れに逆らって漕ぐことは、止めることより難しい。左舷側の乗組員達は必死に櫂にしがみついてこれを操った。

その甲斐もあってオディール号は、急激にその場で左に旋回する。オディール号の胴を目指して突き進んでいたダーレルの船は、この突然の回頭に追いつけなかった。

「両舷、櫂上げ！」

ドラケが叫び、徳島は櫂を一気に引き上げた。

すれ違うダーレルの艦でも、櫂を上げようとしている。だが間に合わない。両艦はすれ違い舷側を互いに擦らせた。

衝撃が乗組員達を襲う。

櫂を上げ損なった漕手は、接触でへし折れる櫂に叩き付けられ、甲板に吹き飛ぶ。だがドラケは、相手の船の甲板にいるダーレルの姿を睨みながら命じた。

「よし、両舷全速！　疾走速度！」

漕手達は再び櫂を海に突き刺し、命じられた速度で強く大きく引く。オディール号は、再び加速を始めた。

「ちっ、くそったれ！」

狭い水路を横に広がって進んでいたダーレルの艦隊は、一旦すれ違ってしまえば向きを変えることが難しい。追いつくことは出来ない。

「やってくれるぜ、まったく……」

してやられたダーレルは苦笑しながら、ドラケを見送ったのだった。

＊　　＊

アトランティア海軍の追撃を振り切ったオディール号は、東に向かって順調に帆走していた。

「ここまでは、お前さんの言う通りにしてきたんだが……これでどうなるんだ？」

ドラケは江田島に尋ねた。

江田島が海図を指差しながら告げた。

「もうじきこの船は日本の海賊対処航空隊の哨戒域に入ります。そうしたら短艇を降ろしてください。我々だけで参ります」

オディール号に積まれていた海図は、どうやって手に入れたのか、ティナエ海軍のものので正確度が高い。おかげで狂いなども生じないと期待できた。

「本当に、大丈夫なのか？」

徳島と江田島、メイベルの三人だけを短艇に乗せる前に、ドラケはもう一度念を押す。

短艇は、船が沈みそうな時などに乗組員が生き残るために使われているが、それは他に方法がないからであって、そもそも大洋を渡るために作られた訳ではない。雨風、高波に曝され、天候が少しでも荒れれば、激流に翻弄される木の葉同然なのだ。

「大丈夫ですよ、そんなに長くは待たないはずですから」

ドラケの質問に徳島は答えた。

「船長には、予定通りお願いいたします」

江田島も徳島の言葉を裏打ちして安堵するよう求めた。

「分かった。大丈夫なんだな」

ドラケは短艇を海に降ろすと、三人をその場に残して去って行ったのである。

こうして徳島、江田島、メイベルの乗った短艇は、大海原に一艘だけで浮かぶこととなった。

「都合良くすぐに来てくれるとは思わないですけど、まさか二日経っても来ないとは……」

三人の乗った短艇は二晩大洋に漂うことになった。

幸いだったのは天候に恵まれていたことだろう。これで嵐でも来た日には、目も当てられなかった。好天続きのおかげで、日に三度の食事をし、ただ時が流れるのを待てばよかったのである。

そして三日目の朝、ようやく上空からエンジン音が聞こえてきた。

「あ、来ました」

徳島が身体を起こす。

「やっと来ましたか……」

P3Cである。定期哨戒《しょうかい》で近付いてきたのである。

「徳島君、お願いします」

「了解」

徳島は鏡を取り出すとその鏡面を空に向けた。

「TACCO《タコー》（戦術航空士）！　下の海で信号を送ってくる短艇があります」

双眼鏡片手に海上を監視していた隊員達が目にしたのは、救命ボートのような小型船からの光信号だった。

「漂流者か？」

「どうでしょう？　何か信号を送ってきているようです」

「信号？　分かるか？」

「もしかしてモールス？」

慌てて見張り員がメモを取っていく。

「モールス信号を知っている特地人なんているのか？」

通信の内容を記録した見張り員は、戦術航空士にその内容を伝える。

「これは本当か？」

「はい……」

戦術航空士は眉根を寄せると、すぐさまコクピットに連絡を取ったのだった。

「どうです？」

江田島は、空に鏡を向けている徳島に尋ねた。

「ちょっと待ってください……あ、連絡が届いたようです」

P3Cはモールスを受け取ったのか、徳島達の上空を二度ほど旋回し、翼を振ってから消えていった。

「これで大丈夫ですね」

「はい、翼を振っていましたから伝わりました」

こうして再び、短艇は風と波のうねりの支配する静寂に包まれた。

その後、夜が来て再び朝が来る。その間、三人は随時食事を取りながら、体力の低下を防ぐため短艇に横たわって過ごした。

東側の水平線に三人が待ち望んだものが姿を現したのは、四日目の早朝であった。

「統括、起きてください」

徳島に揺すり起こされた江田島は、問いかけた。

「来ましたか？」

「はい」

視線を向けた先には、待ち望んだミサイル艇『うみたか』の姿が見えたのであった。

「いやぁ、助かった。あと一日かかったら不味かったかも……」

＊　＊

ミサイル艇『うみたか』に拾い上げられた徳島は、休憩場所に士官室を宛てがわれ、そのベンチにぐったりと座り込んだ。やはり短艇で三夜四日も過ごせば身体も相当に応えるのだ。

水や食料はたっぷり用意してあったが、大海原で波にもまれながらいつ来るとも分からない迎えを待つというのは、精神的に相当キツい。これが海難の場合なら、救難信号が届いているのか、本当に助けが来るのかという不安も混じり、更に辛くなったろう。救命糧食に「がんばれ！　元気を出せ！　救助は必ずやってくる」と日本語と英語で書いてあるのはそういう理由なのだ。それが今回、とても納得できた。

徳島がこうしてぐったり手足を伸ばしていると、士官室のシャワー室から水音が耳に入ってきた。

ミサイル艇の士官室には電話ボックスのようなシャワー室とトイレが一つずつ付いている。そのことを知ったメイベルは、すぐにシャワー室に飛び込んでいった。彼女も女性だから、数日間に亘って身体を洗わずにいたことが相当に辛かったらしい。

「ハジメー、出たぞ。お前も身体を洗うがよい」

やがてメイベルが、大きめのシャツを着ただけの姿で出てきた。『うみたか』には女性乗組員もいるので、その一人からシャツを借りたと言う。

「メイベル、その格好で出てくるのはさすがにどうかと思うよ」

シャツはメイベルの腿上半分に届くか届かないかの丈しかない。当然彼女の美しい素足が剥き出しになっている。しかも白いシャツだからほのかに肌の色が透けていた。

「今更なことを言うでない。躬とお前との仲ではないか」

メイベルはそう言うと自分の魅力を精一杯ひけらかそうと徳島に迫った。

「人間、危ない思いをすると、色欲が増すという。お前にはそういうところはないのか？」

「あーうーん……どうかな？」

だが徳島はまったく意に介さない態度であった。というか、異性を魅了するにはメイベルは、いささか凹凸が不足しているのである。そういった女子に魅力を感じるという男も世にはいる。しかしながら徳島は、その手の嗜好をとんと持ち合わせていなかった。

するとだんだんメイベルの機嫌は、逆立った柳眉《りゅうび》と同じくらい危険な角度となっていく。メイベルとて恥ずかしくない訳がなく、相当の勇気を振り絞っているのだ。だが結果はこれである。いっそのこと力尽くでと、自暴自棄な思想がメイベルの脳裏を過《よぎ》った。

「ハジメ……」

メイベルの腕が徳島の首に向かって伸びる。だが、徳島はそれを躱して立ち上がった。

「それじゃ、今度は俺の番だね」

徳島はそのままシャワー室へと入っていった。自分の想いを躱されたメイベルは、突っ伏して項垂れるしかなかった。

徳島がシャワーから出ると、士官室には江田島、濱湊ミサイル艇隊司令、『うみたか』艇長の黒須、そして海上保安庁の高橋隊長がいた。

「あ、統括……」

「徳島君、待っていましたよ。この作戦は、発案者の君がいないと始まりませんからねえ……」

見ると士官室にメイベルがいない。

「あれ？　メイベルは？」

「彼女なら、眠そうにしていたので寝台に行かせたよ」

黒須はそう言って徳島にもひと眠りしてはどうかと告げる。だが徳島にはまだ仕事がある。装いを素早く整えると江田島の傍らに立った。

「徳島君。ではお願いします」

江田島は士官室のテーブルに羊皮紙製の海図を開いた。

「それではこれからの計画を説明します」

徳島は海図を前に、どのような作戦を行うかその骨子を三人に語った。

「なんというか、外連味《けれんみ》たっぷりな作戦ですな」

司令の濱湊は言いながら身を乗り出した。

「はい。しかしやるだけの価値はあると思います」

だが海保の高橋は頭を振った。

「ちょっと待ってください……我々はアトランティアに対して、そのような作戦行動をとることは許されていません。やるにしても上の許可を取りませんと……」

すると江田島は言った。

「その必要はありません。我々がこれから相手をするのは海賊なのですから。我々は海賊対処行動のためにこの海に来ています。海賊が相手であればどこからも苦情は出ません」

「しかし独断でそんなことは！」

「司令部が石頭なのは、前の戦いの時に分かっているでしょう？」

「そ、そうですが……」

それでも高橋はなかなか首を縦に振ろうとしない。すると徳島が口を開いた。

「今、魔薬で薬漬けにされている子供達がいるんです。しかし、この作戦が上手くいけばそれを助け出すことが出来ます」

「徳島君、ついでに我々の任務が達成できるであろうことも、忘れてはいけませんよ」

「はい、統括」

「でも、これって後で拉致だなんだと言われかねませんぞ」

「少年達の身柄は、現地政府に託してしまえばよいのです」

「う、うーむ」

濱湊、黒須、高橋は互いに顔を見合わせて唸った。徳島の言うことは理解できる。人道的にも納得できる。だが、いささか牽強附会《けんきょうふかい》が過ぎるように思われるのだ。

「みなさん、お願いします」

徳島は頭を下げた。

「私からもお願いします」

江田島も頭を下げる。

「いや、でもなあ……」

するとと渋り続ける高橋に、濱湊司令が言った。

「高橋さん、海保として、どうしても無理だというのなら目を瞑っててくれ。この作戦、我々海自だけでやるから」

すると高橋は心外そうに言った。

「いや、そういう訳にはいきません。やるなら我々も一緒です。これが事実なら何とかしなければ正義にもとる。海保だって何をしなければいけないかは分かってるんです！」

「じゃあ、やってくれるんだな？」

「ええ。私も腹を括りました。やりましょう」

「もし、これが問題になるくらいだったらこっちから辞めてやる！」

黒須が言い切った。

「そうですとも」

「俺は、故郷に帰って釣り船屋でもするかな」

三人とも決意が固まったようだ。気の早い濱湊は免職の後の身の振り方まで考え始めていた。

「お三方、そこまで心配する必要はないはずですよ」

江田島はそんな事態にはならないと三人に告げた。江田島も、根拠があって大丈夫だと言っているのだからと。

「いやいや、我々もそういう心構えで挑むということです」

濱湊はおちゃらけた感じで笑う。

「ならよいのですが……自暴自棄だけはやめてくださいよ。ではみなさん、準備の程をよろしくお願いいたします」

この江田島の言葉で、会議は終了したのである。

14

徳島と江田島は、そのまま『うみたか』でアトランティア・ウルース近くまで送られた。

日没ぎりぎりまで待って、そこから先は夜間の闇を利用して、ウルースへと潜入するのである。閉式スクーバの器材、各種の武器・弾薬、装具類を抱えた徳島が、ボートに荷物を降ろしていく。

全ての準備を終えると、ミサイル艇隊司令、『うみたか』艇長、海保隊長らに見送られながら、江田島はボートに降りた。

「それじゃ、行って参ります」

徳島は夜間暗視鏡を顔に装着した。

「それじゃ、徳島君。参りましょう」

「了解」

徳島はエンジン音があまり高くならないよう、ゆっくりとした速度でウルースへと向かう。

ウルースの周囲は、アトランティア海軍の小型艦船が警備をしている。だが夜の闇に閉ざされた中では、その程度では決して十分とはいえない。暗視鏡を使用している徳島にとっては、哨戒の艦を見つけて監視の目を避けることは実に容易いことだったのである。

＊　　＊

ティナエ西方沖、約百リーグ。

この海域は以前、パンタグリュエル商船団が海賊に襲われたところである。

徳島達をアトランティア・ウルース近くまで送り届けた『うみたか』は、この海域まで戻ると哨戒任務に就いていた。

上空ではP３Cが飛んで更に広い範囲をカバーしているが、一カ所にい続けることが難しい。そのためこうして船での哨戒を組み合わせて警戒の漏れを防いでいる——という建前であった。

食堂ではギャレーで温められたレトルトの肉じゃがが出される。

司令の濱湊、海保の高橋、艇長の黒須が三人でテーブルを囲んでいると、当直幹部から報告が入った。

『P３Cより連絡です。哨戒域〇《まる》五《ご》六《ろく》六《ろく》にて海賊らしき船を発見したとのこと。艇をそちらに向けます』

黒須艇長が、濱湊と高橋をチラリと見てから了解する。

「よし、向かえ」

『うみたか』は哨戒域へと針路を変えると、海賊船と思われる船舶に向けて進み始めたのだった。

一時間後。

見張りが双眼鏡を覗いていると、水平線に帆船の姿を見つけた。

「あれが報告のあった船でしょうか？」

白い帆の他に、緑と青の旗も揚げていた。

「民間船では？」

当直士官の北原《きたはら》が言う。

すると海保の高橋が何度も双眼鏡を覗きながら言った。

「いや、ちょっと待ってください。あれは……」

手元にある資料をめくる。その写真と見比べながら言った。

「以前、パンタグリュエル商船団が襲われた時にすれ違った船です。その写真と一致するように思えます」

「つまり海賊である可能性は高いということですな。どうしましょうか、司令？」

黒須が濱湊を振り返る。

「当然追跡だろう？　今の距離を維持するぐらいで跡をつけろ」

高橋が頷く。

「ふむ。もし該船が海賊行為に着手するなら、その時に現行犯で検挙という流れですね」

「了解……ですが帆船の速度にこちらが合わせるのは大変ですね。相手が遅すぎて」

「それだけ根気勝負になるってことだ……黒須。見失うなよ」

「了解」

『うみたか』は海賊と思われる船を、水平線に見えるか見えないかの距離を置いて、追跡を始めたのである。


追跡を続けて半日。

黒須は茜色の夕日を背景に双眼鏡で該船の監視を続けながら、艦橋モニターに記された海図を見て、予定の海域に入ったことを確認した。

するとおもむろにFM送信機を手にし、一六チャンネルに合わせた。

一六チャンネルは呼びかけ周波数帯のため、銀座側世界でそこに合わせると様々な声、言語が飛び込んでくる。しかしこの特地では無線を使う者はいないため静かであった。

「アルヌス地方は東の風、晴れ。繰り返す、アルヌス地方は東の風……」

それを横目で見た操舵長が、傍らの乗組員に囁いた。

「おい、艇長は一体誰に連絡を取ってるんだ？」

「さあな、けど何らかの合図だ。きっと何かが始まるぞ」

幹部達は何も言わない。だが、何かが起きようとしている。『うみたか』の乗組員達はそのことを肌で感じとっていた。

「おい、オディール。もうじき予定の海域に入るが、飛船は付いてきているか？」

一方、追跡を受けているオディール号では、ドラケが何度も何度も船守りに問いかけていた。

船は現在、帆を一杯に広げて順風に進んでいる。航海の差し障りはまったくなく、飛船がちゃんと付いてきてくれているかだけが唯一の心配事といえた。

「大丈夫だって……奴らちゃんと付いてきているから。天気も今日一日ずっと良好さ……」

オディールはマストのてっぺんまで下りてきてドラケに言った。

「ならいいんだが……」

これが作戦だというのは頭では理解している。しかしお互いに顔を合わせて意思を確認し合った訳ではないので、どうしたって不安が出てくるのだ。それは、飛船が襲ってくるのではないかというものだった。

「少しは落ち着きなって」

「無理に決まってるだろ⁉　あんな送り狼みたいなのが付いてきていて、落ち着けるもんか」

ドラケは水平線に見えるミサイル艇『うみたか』を振り返った。

水平線までの距離にあっても、飛船ならばあっという間に詰めてくる。あの姿が見えている限り、オディール号は短剣を突きつけられているのと同じなのだ。もし相手の気が変わってこちらを拿捕、撃沈するつもりになったら絶対に逃げ切れない。

「そりゃそうだけど……トクシマとエダジマが安心しろって言ってたろ」

「だがな、どうにも尻の辺りがむずむずすんだよ」

「とにかく、これで第一段階は済んだんだ。いよいよ次だよ。正念場さ」

「分かってる」

オディールは、乗組員達に気合いを入れろと告げた。すると男達は一斉に喊声を上げ、オディールの声に応えたのであった。

＊　＊

星の瞬く闇の中、メイベルはボートを水路の真ん中に漂わせていた。

暗視鏡の視界には周囲の船がありありと見えていた。だが、時折行き来する船にはこちらの存在はまったく見えていない。おかげで、真っ直ぐ衝突するコースをとってくる船があった。そんな時はメイベルがボートを移動させてそれを避ける。すると誰にも気付かれずに済むという訳だ。

やがて傍らの海面に、徳島が静かに顔を出した。

「戻ったよ」

徳島は閉式スクーバの器材を背負っていた。

「どうじゃった?」

まず、徳島がバッグを差し出す。

メイベルはそれを受け取ると傍らに置いた。中身はからっぽで海水が僅かに入っていた。

「作業はこれで全部完了。作業が遅れた時は不味いと思ったけど、どうにかなったよ。メイベルが手伝ってくれたおかげだ。ありがとう」

「礼など要らぬ。躬のおかげだと言うのなら相応の代償を差し出すがよい」

「代償……何がいいのさ？」

問いながら、徳島はボートに乗り込んだ。

背負った閉式スクーバの装置を下ろし、マスクを取り外す。

「ものでもよいのじゃが、出来れば行為がよいな」

「行為って？」

「そりゃ、躬とお前とは男女なのじゃから、唇を合わせて盛大に舌を絡め合うとか、共《とも》寝《ね》するとか、同衾《どうきん》してまぐわうとかとかとかとか……」

頬を赤くしながら「とかとか……」と口にするメイベルを見て、徳島は深々と嘆息した。

「メイベル。最近どうしたんだい？」

「これまであの江田島がおって、二人きりという場面が滅多になかったではないか！だからじゃよ。この好機を逃しては次いつになるか分からぬから……」

真っ暗な夜。誰もいない二人きり。こんな好機は滅多にないとメイベルは言った。

『うみたか』の士官室の時は、突然誰が入って来るか分からないという遠慮があったが、ここではその必要はまったくないのだ。

「それにしてもちょっと積極的過ぎやしない？」

「あの白い羽の生えたのが、お前の周りをうろちょろしてるのでな。既成事実とやらが欲しくなったんじゃよ。それがあれば、躬は自分が特別だと思えて、余裕でお前を見ていられる。さあ、躬を安心させるためじゃと思って、さあさあさあ……」

メイベルはそう言ってボートの上で両腕を広げた。

「既成事実ってあからさま過ぎ」

するとメイベルこそ心外そうに言った。

「二柱の神が『エロいことしませんか』と誘い合うシーンから始まる神話の国に生まれ育っておいて、一体どうして男女の密《ひそ》か事を恥ずかしがる必要があるのか？」

自身が亜神ということもあり、日本滞在中に古事記や日本書紀（現代語訳のもの）などを読了していたメイベルであった。

徳島は、ボートの発動機を操ってオデットⅡ号の右舷側に寄せた。埠頭船の篝火に照らされないよう光を巧みに避けて進む。

オデットⅡ号の右舷側の暗がりには、網梯子が垂らされていた。徳島はボートの舫いをそれに結びつけてから上る。

「徳島君、待ってましたよ」

オデットⅡ号では江田島が待ち構えていた。

「ただいま戻りました」

敬礼する徳島に江田島は問いかけた。

「作業はどうでしたか？」

「無事完了です。一時はどうなるかと思いましたが、スケジュール通りに終えられました」

「お帰りなのだ！」

そこにオデットがやってきて徳島にしがみつく。

いつもならメイベルがすかさず割って入るところだが、今日に限っては何故か余裕そうに見ているだけである。そのため拍子抜けしたオデットは不思議そうにメイベルを見ていた。

「？」

「くふふふふふふ」

メイベルは、にやけ顔を隠すことが出来ないでいる。唇が乾いてしまうのか、それとも何かの感触を反芻《はんすう》しているのか、唇を舌で盛んに舐《ねぶ》っていた。

「は、話を続けていいですか？」

いつもならちょっとした諍《いさか》いが始まるところを、メイベルが何故かやり過ごしたので、江田島は話を続けた。

「君が出かけている間に連絡が入りました。『アルヌス地方は東の風、晴れ』、すべての準備よしの合図です。これで次の段階に作戦を進めることが出来ますよ」

東の空に太陽が姿を現し南の空高くにまで上がった頃、シュラは艦長としてオデットII号の乗組員を全員招集した。ただし露天甲板に集めてしまうと監視員に察知されてしまうので、第二甲板に集めた。

「艦長、全員集合いたしました」

「ありがとう……」

迎えに来た副長に従って艦長室を出る。

薄暗い、天井の低い第二甲板に乗組員全員が集まるとさすがに息苦しく、また人いきれでむんむんする。立ち入るのを一瞬躊躇したシュラだったが、これから決戦とも言うべき戦いに挑むのだと思い返すと、それらの人垣を掻き分けるように前へ進んだ。

「みんな、よく集まってくれた」

シュラは皆の前に出ると振り返った。

「昼飯は食ったか？　美味かったよな」

乗組員達は笑いながら頷いた。今日の昼食は徳島が作ったご馳走だったのだ。

「さて、これからボク達は作戦を開始する。これが成功すれば、危機的状況に陥っているティナエは軍を再建する時間が与えられる。その貴重な時間を、政府が無駄にすることなく使えば、ボク達は故郷をアトランティアなんて呼ばずに済むようになる」

シュラの言葉に耳を傾けていたオデットは頷いた。

オデットは今日に限っては船守りの普段着ではなく、薄手の革鎧をまとい、手には長槍が握られていた。

本来ならば戦わない立場の巫女《みこ》が、そのように武装してしまうのは海の習慣に反していたが、アトランティアの船守りが攻撃を仕掛けてきたからには、オデットとて無防備でいることは出来ないのだ。

「この作戦に全てが懸かっている。乾坤一擲《けんこんいってき》の大勝負。負ければもう後がない。だからみんな、悪いけどこの作戦に命を懸けて挑んで欲しい！」

男達は無言で頷いた。

シュラは、薄暗い中に集まっている男達の瞳に戦意が輝いていくのを感じた。

「副長……準備はどうか？」

シュラは傍らの副長に尋ねた。

「オデットⅡ号、人員、武器、装備、全て準備は整っています」

「オディ？」

オデットは無言で頷いて、片手の槍をシュラに示す。

「エダジマ……君達は？」

「こちらも整っています」

江田島と徳島も頷く。

二人とも青色を基調とする海自の戦闘服で身を包み、武装していた。二人の肩にはその所属を示す海上自衛隊旗のワッペンが貼られている。

「艦長の号令で、いつでも作戦を始められます」

するとシュラは苦笑した。

「それは、君達に任せるよ……」

「分かりました。徳島君、君の作戦です。作戦開始の号砲をお願いします」

「はい」

徳島は床に置いたノートパソコンの蓋を開いた。画面にはいくつものアイコンが並んでいる。

「では……」

徳島は安全装置代わりの暗証コードを打ち込んで、周囲を一旦見渡す。待ちくたびれている皆の視線が一身に集まっていると分かると、慌ててポチッとエンターキーを押した。

するとオデットⅡ号から離れたところに位置する王城船区の外周の船が光り、その後に大きな煙が上がるのが窓から見えた。

「おっ……」

皆の視線が舷窓の外へと引き寄せられる。そして数秒遅れて爆音がやってきた。腹の底に響く爆発音である。

「さあ始まったよ、みんな！　作戦の開始だ‼」

シュラの号令でオデットⅡ号の乗組員達は一斉に甲板に上がっていった。

＊　　＊

「火事だ、火事だ！」

木造船の集まりであるウルースは、火災に対する反応が早い。あちこちで時鐘が乱打され、王宮警護の近衛や周辺の住民からなる火消し団が集まってきた。

巨大なハンマーや斧を担いだ彼らは、火元から盛大な煙が上がっているのを見ると、まずその船と周囲とを繋ぐ鎖を切り離していった。火消しといっても彼らの活動は破壊消防——燃えさかっている船を沈めてしまうことだからである。火を消すことよりも、周囲に広がらないようにすることを第一にしているのだ。

だが、今回の火災は一艘、二艘の船では終わらなかった。立て続けにあちこちで複数の船が燃え上がった。

その様子は、女王《ハーラム》の午餐に相伴していたプリメーラからも見ることが出来た。

「あれは、何かしら……」

思わず半分立ち上がりかけたが、周囲の女官や侍従から睨み付けられて、プリメーラはおどおどと腰を下ろした。

ここの人間はマナーに五月蠅《うるさ》いが、同時にマナーに縛られている。マナーとはあくまでも皆が気持ちよく食事をするためのものであり、本当に上流の社会で生まれ育った人間なら、多少の逸脱に目くじらを立てたりしないものなのだ。なのに、ここではその逆となってしまっていた。きっちりかっちりマナーに従う、従わせようとする有り様はなんとも痛々しい。

「女王陛下《ハーラム》……」

侍従次官やメイド達がすぐに窓のカーテンを閉じていく。その間にも、近衛の士官がやってきて侍従長に、そして侍従長が女王《ハーラム》に耳打ちで伝達していった。

プリメーラは居心地が悪くなった。

部屋に閉じ込めておくと、仲間がやってきて強引に覗き込もうとする。だからレディはプリメーラを自分の目の届くところに置いておくことにしたのだろうが、それがために何が起きているかを全てプリメーラに知られることになってしまっていた。

「どういうことです？」

「複数箇所で同時に火付け……明らかに何者かによる破壊工作かと思われます」

「火を消すとともに、下手人を引っ捕らえるのです。軍に出動を命じなさい」

「かしこまりました」

侍従長は振り返ると、待っていた近衛の士官に視線を送る。士官は直ちに踵を返して外へと走っていった。

「私の居城近くで火付けを許してしまうなんて、警備担当者は無能者ね。厳罰に処しなさい」

レディは憤りと動揺を隠しきれないようだ。

「直ちに警備責任者を死刑にいたします」

侍従長が恭しく言ったが、そんなことではレディの怒りは収まらないようだった。

「いえ、本人だけでは手ぬるいです。一族郎党を全員処刑なさい！　職務から手を抜けばどうなるか、見せしめとするのです！」

この一連のやりとりを見せつけられたプリメーラは、レディの冷酷さに背筋が冷たくなる思いを感じていた。


作戦が始まると、徳島と江田島はオデットⅡ号のマストトップに上った。

ここからならば、双眼鏡で状況を把握することも容易いのだ。

するとウルースのあちこちでは騒ぎが起きていた。

燃え上がる炎。

立ち込める煙。

そして逃げ惑う人々と、騒ぎを収めようと走り出すアトランティアの海兵。

「非常時の官僚的発想というのは、どの世界でも同じですね」

自分の予想した通りに状況が進んでいくのを見て、江田島はほくそ笑んだ。

出動した近衛の兵士達は、人々を助けるよりも先に王城船区への延焼を防ごうとしているのだ。そのため次から次へと王城船区へと繋がれていた船団が切り離されていった。

「次、行きます!」

徳島がエンターキーを押す。

すると今度は、オデットⅡ号を繋留する桟橋船近くで煙が上がった。

オデットⅡ号を監視するために派遣されていた海兵達は、慌てふためいて火の元へと向かった。それによってオデットⅡ号の監視は完全に解かれることになった。

シュラはそれを確認すると副長に告げた。

「よし、櫂走準備はじめ!」

それまで隠れていた乗組員達が一斉に舷側に取り付いていく。一本の櫂に三人が付き、たちまちオデットⅡ号にはムカデの脚のごとき櫂が設置された。

「舫いを断て!」

いちいち舫い綱を解くような面倒なことはしない。斧が振り下ろされて綱が切断された。

シュラは命じた。

「両舷、前進びそーく!」

木槌の合図で櫂が一斉に海面に潜る。そして男達が渾身の力で柄を引くと、オデット

Ⅱ号はゆっくりと水路を動き始めた。

「投石機の用意！」

オデットⅡ号の艦首甲板では、艦首に据えられた三連投石機の準備が始まった。

だがアトランティアの海兵達は火災のごたごたに気を取られて、オデットⅡ号が動き始めたことに気付けないでいた。

「トッカー隊長！　またしても火が着きました！」

「くそっ、どこのどいつだ。ここまで的確にウルースの弱点を突いて来やがるのは！」

トッカー率いる海兵隊部隊は、王城船区近くにある兵営船の切り離しに動員された。

船同士を繋ぎ合わせて作られているウルースだが、全ての船が網の目のように繋がれている訳ではない。王城船区を中心に、各船区、船群、船団が王城船区を中心に花びらのように広がっている。そのため王城船区との連結を断つと、花びらが散るようにそれぞれの船団が切り離されていく。

トッカーは延焼を防ぐために火の付いた船区を切り離していたが、このまま続けていくと花の花弁を全て引きちぎるがごとく、ウルースという花から花弁が全て失せてしまうことに気付いた。つまり核である王城船が剥き出しになってしまうのだ。

「もしかすると、この火付けをしている奴の狙いは王城船かもしれない」

「で、でも王城船は付属する巨大な施設船六隻に囲まれていて……」

「逆に言えば、守る船は六隻しかないということだ。しかもその中に軍船は一隻もないのだぞ！　……伝令！」

「はい」

トッカーは自分の脳裏に思い浮かんだ疑念を、上官に報告するよう伝令に命じた。

「敵は王城船を狙うつもりなんだ。近衛部隊に直ちに警戒を厳とするよう伝えろ。いいな！　行け！」

「はっ！」

伝令兵は、トッカーに命じられるままに王城船に向けて走った。

「でも、どこの敵がこんな大胆なことを……」

副長が独りごちた時、トッカーの視界をオデットII号が横切った。

乗組員が櫂を懸命に引いている。無数の櫂が一斉に海面を叩き、水飛沫を上げていく。凄まじい勢いで突き進んでいた。

「あ、あの船は……」

トッカーの目には、オデットII号は火災から遠ざかろうとするのではなく、火災の中心へと向かっていこうとしているように見えた。

その甲板上では投石機の準備作業も進められている。

「あいつら!? ティナエの奴らがこの火事を仕組んだんだ！ くそっ！」

この時、トッカーだけが最も真実に近い状況を把握していた。だが、彼の部隊は海兵。手を伸ばしても船には届かない。そのため黙って見送ることしか出来ない。

トッカーは叫んだ。

「奴を止めろ。何としても止めるんだ！」

「隊長、無理ですって」

「んなこと言ってられるか！ 俺に続け！」

だがトッカーは諦めなかった。船を伝ってオデットⅡ号が向かう方向へと、部下とともに走ったのである。


オデットⅡ号は王城船区に迫った。既に王城船の周囲の船団は繋留を解かれて大きく離れ、船を進めるのに十分な水路が開いている。

「投石機、一番準備よし！」

すでに投石機の準備も整った。

シュラは真っ直ぐ目標を見定めると、自ら舵輪をとってそこにオデットⅡ号を突き進ませたのである。

「艦長、目標近付く！」

副長が叫ぶ。

「各員、衝撃に備え！」

マストトップにいる徳島と江田島、そしてメイベルは吹き飛ばされないよう腰に命綱を結んだ。

衝角を用いた体当たりは、特地の海にて行われている海上戦術の初歩である。ガレアス型であるオデットⅡ号には、そのための衝角が舳先水面下に取り付けられている。

「やっぱり奴らは王城船を狙ってるんだ！」

トッカーは部下とともに王城船を目指す。しかし、オデットⅡ号は王城船の手前で針路を変えて大きく回り込んでいった。

「……なんだと？」

そしてそのまま王城船区の外周を回り、離れていこうとしていた船団に付随している兵営船ミニィ号へと向かったのである。

「突貫！」

オデットⅡ号の乗組員達が一斉に喊声を上げた。更に漕手達は漕ぐ速度を速めて勢いを増していく。

分厚い木材からなる兵営船の外板がへし割られ、木っ端が吹き飛ぶ。

そして大音響とともに、オデットⅡ号は兵営船に突き刺さった。


兵営船ミニィ号は、オデットⅡ号の五倍はある大型船である。そのためちょっとやそっとの雨風では小揺るぎもしない。しかし、オデットⅡ号の最高速度での体当たりを受けると、大きく揺れることになった。

「おい、一体何があった⁉」

ウルースを構成するのは船である。つまりどの船にも船長がいて全ての責任を負うことになっている。兵営船ミニィ号の場合は、兵営司令が船長を兼ねていた。

ウルースのあちこちで火事が起こっているという報告を受けていたが、この船にまで火が及ぶことはないと高を括っていた船長は、士官室で部下達とともに昼食をとしゃれ込んでいた。それだけにこの衝撃に大いに慌てることになった。

「一体何があった！　報告しろ！」

慌てふためく部下達を叱り飛ばす。

「どこかの船が本船にぶつかったようです！」

「何だと？ どこの馬鹿だ。大方、火事で慌てた船が操作を誤ったのだろう……被害状況を報せろ。漏水箇所があれば防水をするんだ！」

船長はこれが戦いの始まりだとは思っていなかった。海難事故の類いだと思っていたのだ。だが、程なくして警備士官が報告してくる。

「報告です。漏水箇所なし！」

「そ、そうか」

さすがに巨船である。分厚い外板は一度の衝突では壊れなかった。しかし問題はぶつかってきた船の素性だった。

「衝突したのはティナエの艦です！」

「ティ、ティナエだと？」

「敵です。敵兵が乗り込んできます！」

その時には既に、オデットⅡ号から水兵がわらわらと兵営船に乗り移ってきていた。

乾舷の高さが段違いであるため、マストにぶら下がる斜桁を伝って渡ってきたのだ。

ティナエの水兵はミニィ号にとりつくと、まずオデットⅡ号との間に鎖を渡す作業を始めた。

「ふ、防げ！」

船長は命じた。しかしミニィ号は戦闘艦ではない。海兵の起居訓練のための施設である。しかも現在兵営船にいるのは兵士ではない。パウビーノ達と、ギルドからかき集めていた賢者達だ。戦闘要員は警備についていたごく少数で、それ以外はパウビーノの監督者でしかない。この船が直接戦闘に巻き込まれるなど誰も想定していなかったのだ。

だからいくら船長が叫んだとしても、ミニィ号の乗組員には有効な手立てをとることは出来なかった。

「船長、どうしたら!?」

「警備兵は何をしている。やつらを排除させろ！」

だがこの時、火災の鎮火と放火犯捜索のために警備兵の大半が駆り出されていて、ミニィ号には定員の半分も乗り込んでいなかった。

「船長、奴らの狙いはパウビーノなのでは？」

不意に、船長と一緒に食事を取っていた賢者のローブをまとった男が口を開いた。

ギルドにいた賢者の中でもこの三人は、重要人物であると女王《ハーラム》から指定されている。

そのため船長も特別待遇を与え、食事の時も同席を許していた。

「そうでなくて、どうしてこの船を直接狙うでしょうか？」

「まさか!?」

部下達も賢者の言葉に賛同する。

「そうです。すぐにパウビーノを避難させませんと……」

「いや、避難するにはもう遅い。警備の兵に船内への出入り口を固めさせるんだ。立てこもって味方の援軍を待つより他ない！」

「りょ、了解しました！」

船長が、船内に立てこもって戦うことを決めると賢者達は腰を上げた。

「船長、せっかくのお招きですが、我々はこれでお暇《いとま》させていただこうと思います」

「なんだ。貴様ら逃げるというのか？　ちっ、まあいい好きにしろ！」

船長はこの賢者三人が嫌いだった。女王《ハーラム》の庇護をいいことに、好き勝手な研究やら発明ばかりをしていたからだ。

「それでは失礼いたします」

賢者達は右往左往する兵士達を尻目に、落ち着いた態度で士官食堂から出ていったのだった。

「投石機、照準合わせ！」

ミニィ号の船首近くに衝角を突き立てたオデットⅡ号は、間髪容れずに次の動きに出ていた。

乾舷の高い兵営船ミニィ号に乗り移るため、武器や各種工具を抱えた突入隊がマストを登っていく。帆を吊り下げるための斜桁を通じて乗り込もうというのだ。

また甲板ではシュラの号令で投石機の発射準備が進む。投石機の照準器を睨んでいた担当者が告げる。

「照準よし！」

「放て！」

シュラの号令で、巨大なアームが空を切って一回転。その先に繋がれたロープが砲弾を——否、膝を抱えて丸まった姿のオデットを投じたのである。

小柄なオデットの身体は凄まじい勢いで空に向かってすっ飛んでいく。

船守りオデットが王城船に向けて飛んでいくのを見守っていた乗組員達は、それを見て大歓声を上げた。

江田島はマストトップから帆を吊り下げる桁を通じてミニィ号に乗り移った。

「第一班は、オデットⅡ号とミニィ号を繋いでください！」

もちろん江田島だけではない。槌や工具、鎖を担いだ突入隊も彼に続いてミニィ号へと乗り移る。そして巨大な兵営船の舳先で工作作業を始めた。

乗組員達は兵営船の外板に鋲《びょう》を打ち込み、鎖や綱を用いて両者を繋ぎ始める。

「第二班は俺に続け！」

その一方で戦闘装備の徳島は、斧やハンマーを手にした水兵達を率いて進んだ。

内部に突入するのではなく、兵営船の露天甲板を舷側沿いに時計回りに進んで、他の船と繋ぐ舫い綱、鎖の破壊を始めたのだ。

もちろん警備兵は徳島達を排除しようと襲いかかってくる。

だが、徳島は九ミリ機関拳銃で武装していた。両足をしっかりと踏ん張り、両腕で銃を固定。そして引き金を引く。

警備兵達は一秒少々の間に放たれた二十五発の弾丸を浴びて、たちまちその場に倒れていった。

「ちっ、連発だとあっという間に弾倉が空だ……」

徳島は弾倉を交換しつつ破壊作業の様子を見守る。

太い綱は斧で叩き切り、鎖は鋲が打ち込んである根本《ねもと》を掘り返すように引き抜いていく。

「次、左舷の舫いだ！」

オデットⅡ号の五倍もある船だけに、他の船と繋ぐ舫いや鎖は片舷だけで八本に及ぶ。この全てを切ってしまわなければ、兵営船をウルースから引き剥がすことは出来ないのである。

15

兵営船の船長は部下達とともに船内に籠もっていた。

廊下や部屋は魔薬の煙が薄らと漂っていて、その匂いを吸うまいと船長は鼻と口に手巾を当てていた。

「くそっ、忌々しい。こいつらをどうにかしろ！」

兵営船の内部にはパウビーノ達が虚ろな顔で座っている。通路に座り込んで歩くのに邪魔な少年を、船長は思いっきり蹴った。

「あうっ……」

蹴られた少年は床に横たわった。

だが苦痛を感じていないかのように、ヘラヘラと薄ら笑いを浮かべている。それを見た船長は思わず気持ち悪さを感じた。そうやって通路にいるのは一人や二人ではない。多くの少年少女が、不気味な笑みを浮かべて、通路に座り込むか寝転んでいるのだ。

「こいつらを戦いに使うことは出来んのか？」

そんな少年と少女達を避けて歩きながら、船長は監督官に問いかけた。

「そのためには一度薬を抜きませんと……」

魔薬に酩酊している彼らは多幸感に包まれていて、とても戦える状態ではない。戦いに向けて薬を断たせ「薬が欲しければ敵を斃せ」と命じることで、初めて彼らは死も厭わずに魔力を振り絞るようになる。薬の供給者である監督官の命令にも絶対服従になるのである。

「くそっ、いざという時に使えなくては、兵器として役に立たんではないか!?」

「しかし、だからこそ大砲を我々の統制下で独占することも可能になるのです！ これは女王陛下《ハーラム》のご命令ですぞ！」

女王《ハーラム》の命令と言われれば、船長もそれ以上は何も言えない。女王《ハーラム》に対する批判的言動をしたと密告されたら、船長の地位どころか命すら危うくなってしまう。

「仕方ない。警備の者達だけでどうにかするしかないな。それで、敵はどうしている？」

警備の兵には無駄に突撃させず、出入り口を塞がせている。狭い入り口を塞ぐだけなら、少ない戦力で敵を防ぐことが出来るという計算がそこにあった。

そして兵営船の置かれている状況は周囲にも見えている。内部に立てこもって時間を稼いでいれば、味方が助けに来てくれるはずなのだ。

「敵はまだ突入してくる様子はありません」

「なんだと？　それでは一体何をしていると言うのだ？」

答えは程なく伝えられた。

「ご注進！　敵は本船の舫いを切断しています」

「なんだと？」

舷窓から見える景色がゆっくりと流れていた。既に右舷の舫いが切断されたためか、船体が僅かに動き出しているのだ。

「まさか……そうか、その手があったか。奴らはこの兵営船もろとも、パウビーノをかっ攫うつもりだ！」

船長は、ようやく徳島達の意図に気付いたのである。

だがその時には既に、兵営船が大きく動き出していた。

一方、海兵隊のトッカー隊長は部下とともに走り続けていた。

「奴らの狙いは王城船じゃなくて、兵営船だと？」

見ると、兵営船に突き刺さっていたティナエの軍艦が後進を始める。再度前進して兵営船の舷側に攻撃を仕掛けようとしているのかと思ったら、そこで半回転したのである。

そして完全に向きを変えると、兵営船との間に繋いだ鎖を引っ張った。

オデットⅡ号の漕手達が懸命に櫂を引く。

鎖が唸り、木材が軋む。するとオデットⅡ号の五倍もある巨大な兵営船が、ゆっくりとウルースの船団から引き剥がされていった。

「兵営船は何をやってるんだ！　何故されるがままなんだ!?」

「完全に制圧されているのかもしれません」

「くそっ。パウビーノを根こそぎ連れ去られたら、女王陛下《ハーラム》の計画が全て頓挫《とんざ》してしまう。……兵営船に乗り込むぞ！」

トッカーは副長とともに兵営船に向かった。数隻の中型船、小型船を渡っていき、兵営船に繋がる舷梯を見つける。

舷梯は二つの船の間にただ渡されているだけなので、少しずつ離れていく兵営船に引きずられるように隣の船の甲板を滑っていた。

「俺に続け！」

トッカー隊長は舷梯に飛びつき兵営船に渡った。

副長も、部下も二〜三人続くことが出来た。だが、それ以上は無理であった。舷梯が途中で海に落ち、それに巻き込まれ部下が数名海に落ちてしまう。

「お前達は、あいつらを助けてこのことを報告するんだ！」

トッカーは乗り移り損なった部下達に、海に落ちた仲間の救命と事態の報告を命じた。

「隊長は!?」

「俺は、役目を果たす！」

トッカーは数名の部下とともに、敵を求めて進んでいった。


ティナエの軍艦が兵営船に激突する光景は、王城船の窓からも見ることが出来た。

「だ、誰かあれを止めなさい！　海軍に出動を命じて奴らを捕らえるのです！」

レディの命令を受けた近衛の士官が、慌てふためいた様子で駆け出していく。

侍従長が思わず言った。

「女王陛下《ハーラム》、パウビーノを一カ所に集めてしまったのが失敗でしたな」

「五月蠅い！　それを今言葉にしてどのような意味があるの？　他人の失敗を咎めて優越感に浸りたいのか！」

「こ、これは失礼いたしました」

侍従長はすごすごと引き下がり、近衛の伝令兵が次から次へと悲報を伝えにやってくる。

メイド達はオロオロと落ち着かず、午餐の主宰者たるレディは立ち上がって、窓から外を睨みつけていた。

侍従長は苛立った口調で、部下達を怒鳴り散らしている。

「……！　あれは、何かしら？」

その時、レディは呟いた。

オデットⅡ号の投石機が何かを放ったのだ。

「一体、何が？」

オデットⅡ号と王城船の間には、大きな距離がある。それは普通の艦載投石機ではとても届かない距離だ。だが、投じられた何かはこちらに、確実に王城船に向かって飛んできていた。

「……」

その白い何かは、どれだけ飛んでも勢いを失わない。放物線も描かずに針路を修正しつつまるでこちらを目掛けたように飛んでくるのだ。

「……翼人？」

その白い物体が翼皇種《アヴィ》の翼人だと気付いた時には遅かった。

翼皇種《アヴィ》の顔は、はっきりとレディを睨み付けていた。そして手にした槍をレディ目がけて投じたのである。

「きゃっ！」

その切っ先はレディの頬を掠め、後ろにあった午餐の皿や料理を吹き飛ばしてテーブルに深々と突き刺さる。

頬に細い紅色の傷を刻まれたレディは、悲鳴を上げてしゃがみ込んだ。

「誰か、あの翼人を殺しなさい！　殺せ！」

近衛の兵が走り回り、空に向けて矢を放つ。

しかし既にその時には、オデットは金属を擦り合わせるような甲高い音を上げて、空の彼方へと去った後だった。

最早、午餐会の席からは優雅さは霧散してしまっていた。殺伐とした罵声、怒声、足音だけが響き渡る。

そんな中、プリメーラだけは黙々と食事を続けていた。

彼女の目前に突き立った槍には、明らかにプリメーラに向けたと思われるメッセージが刻まれていたのだ。

『きっと、必ず！』

二言しか刻まれていないが、それがプリメーラがどこにいようとも必ず助けに来るという友からのメッセージであると、プリメーラは強く確信していた。

ならば今はしっかり食事をとって、体力を維持して来るべき時を待たなくてはならない。

「ええ。待っていますとも。だから貴方達も頑張って。シュラ、オデット、アマレット！」

彼女達が何をしようとしているのか、プリメーラには正直よく分からない。

だがこれだけレディが慌て狼狽えているのだから、きっと故国を救うことに繋がるはずだ。プリメーラはそう確信し、親友達の企てが成功することを祈ったのである。

＊　＊

「統括、戻りました！」

巨大な兵営船の舷側を時計回りに一周した徳島達が舳先に戻ってくる。

舳先では作業を終えたティナエの水兵達が一息ついていた。

もちろん必死で船を漕いでいる仲間を尻目に、暇にしている訳ではない。オデットⅡ号と兵営船を繋ぐ鎖や兵営船に打ち込んだ鋲に、緩みや異常が見られれば即座に直すという役目が彼らにはあるのだ。

実は更にもう一つの役目があるのだがそれは今ではない。

「無事に動き出したようじゃな」

メイベルは前方を進むオデットⅡ号を感慨深げに見た。オデットⅡ号の甲板には乗組員達がずらっと並んで槌音を合図に櫂を漕いでいる。

重い兵営船を牽いているせいか、それほどの速度は出ない。だが外の景色はゆっくりと確実に流れていた。

「しかし、凄いことを考えるな、ハジメは」

「助け出した子供達を収容する場所がないと統括が言っていたからね、いっそのこと船ごと持ってっちゃえばいいんじゃないかと思ったんだ……」

江田島は徳島のその短い一言をきっかけに、今回の作戦を立てたのだ。

「ただの思い付きを、具体的な作戦にする統括のほうが凄いんだよ」

すると江田島は笑った。

「それが私の役目ですからねえ。さて、このまま外洋に出るまで何もなければ手間もからずよいんですが」

「きっとそうはいかないじゃろ。アトランティア側も必死じゃろうからのう」

実際、周囲の様子に変化があった。

オデットⅡ号の針路方向に向かうアトランティアの海軍艦艇が見えたのだ。徳島達がいち早くそれを察知できたのは、兵営船の甲板の位置がオデットⅡ号よりも遥かに高いからだろう。

「シュラ艦長！　艦影です！」

徳島が大声で伝える。

するとシュラが右手を挙げた。既に彼女のほうも察知していたようだ。見れば、上空に浮かぶオデットもまた手を上げていたのである。

「どうしますか、艦長……」

副長が額に脂汗を浮かべている。

アトランティア海軍の艦艇は左右からオデットⅡ号の針路を、その船体で塞ぐよう進んでくる。そして超特大の船を牽いているオデットⅡ号は、右にも左にも舵を切ることが出来ないし、これ以上の速度を出すことも出来ないのだ。

「そ、速度を落として敵をやり過ごしてはどうでしょうか？」

メイド主任のアマレットがおろおろと提案する。確かにオデットⅡ号が一隻だけだったら上手くいくかもしれない手段だ。しかしそれは採用できなかった。

「ダメだよ、アマレット。そんなことをしたら後ろの兵営船にぶつかられてしまう。ボク達はこのまま進むしかないんだ！」

「でも……」

やがて二隻の軍艦がオデットⅡ号の針路に立ち塞がった。

オデットⅡ号と兵営船の連続的な激突に耐えられるように、二隻の船体を束ねての針路妨害である。

「危ない、ぶつかる！」

オデットⅡ号は、そのまま二隻の軍艦にぶつかって行足を止められてしまうかと思われた。しかしその寸前、二隻に体当たりする船があった。

「ひゃっほー！」

オディール号であった。

「大当たり！」

見れば、ドラケが凱歌でも挙げるように右腕を掲げて叫んでいた。

その激突によって、二隻の軍艦がそれぞれ左右に弾き飛ばされたのである。

「あれは海賊ドラケのオディール号？」

副長が目を丸くする。味方が一隻、駆けつけてくれるとは聞いていたが、それがどこの何という船かまでは聞いていなかったのだ。

「この際、味方なら相手が誰かなんてかまうもんか！　隙間が出来たぞ。みんな全力で突っ込め！　漕ぎ手達、熱走《ねっそう》せよ！」

「おうっ！」

わずかに開いた二隻の隙間にねじ込むように、シュラはオデットⅡ号を突き進ませた。軍艦の隙間をオデットⅡ号がすり抜けていく。

続いて兵営船の巨大な船体が、アトランティアの軍艦を弾き飛ばしながらすり抜けた。激突の際の衝撃は鎖を通じてオデットⅡ号にも伝わった。甲板の見張り員がその衝撃で海に落ちそうになる。そして二隻を繋いでいる数本の鎖のうち一本の鋲が、衝撃に耐えられず兵営船の船体から抜けてしまった。

するとすかさず水兵達が、ロープを伝って舷側を降りていき直しにかかる。激しい揺れに揉まれる中で、槌を振るって再び鋲を打ち込んでいった。

「あとは海軍の追っ手を振り切るだけだ！」

シュラは、オデットⅡ号の乗組員達を勇気付けようと大声で叫んだ。すると乗組員達も力強い歓声で応える。

だが兵営船の江田島は独りごちる。

「それがこの作戦の最大のネックなんですけどね」

大型船を引っ張っている船に、そうでない船が追いつくのは簡単なのだ。

実際、針路妨害を失敗した軍艦も、態勢を立て直すとすぐに後を追ってきていた。一時は大きく開いた距離も、漕手が一漕ぎする毎に縮まっていく。

「トクシマ、エダジマ！　こっちにも繋げ」

その時である。

オディール号が、オデットⅡ号と左舷側に併走を始めた。

オディール号から兵営船に、鞠状に巻かれた白い紐が投擲されて甲板に転がる。すると水兵達がその鞠を取り零すまいと身体ごと飛びついた。そして、それを拾い上げ、勢いよく引っ張っていったのである。

するとオディール号から流れてくる細い紐はやや太いロープに繋がれていた。それを引っ張っていくと更に太いロープ、そして最後には太い鎖が引き寄せられる。

「よし、これを打ち込め！」

オデットⅡ号の水兵達は、その鎖を兵営船の舳先に繋いでいく。鋲を乱打する槌音が響いた。

「接続終わり！」

水兵の声を受けてドラケが怒鳴る。

「よし、野郎ども。全力で漕ぐぞ！」

「分かりました、お頭！」

漕手長の合図で、オディール号の乗組員達も櫂に渾身の力を込める。

「馬鹿野郎！　船長と呼べって何度も言ってるだろ！」

鎖がぴんっと張って、兵営船の船体がミシッと音を立てる。

オデットⅡ号、オディール号の二隻が並んで兵営船を牽いたことで、速度はこれまでの倍となったのである。

「とはいえ、空荷の船のほうが足が速いのは変わりません。追いつかれる時を先延ばしにしただけ……拿捕されるのは時間の問題です」

背後を振り返る江田島。

兵営船の後ろには海軍の艦が二隻。更に遅れてかなりの数の艦影が見えた。

レディ女王《ハーラム》は、アトランティア海軍の全力をもっての追跡を命じたようだ。これを何とかしなければ、オデットⅡ号、オディール号に明日はない。

「そこで俺達の出番って訳ですね」

徳島は江田島に機関拳銃を掲げた。

「そうですとも……準備は整ってますね？」

「はい」

徳島は戦闘帽にはちまき状のマウントで取り付けたＣＣＤカメラを指差した。

「今、スイッチ……入れました」

すると江田島も腰の拳銃を抜く。そして舳先の水兵達を振り返った。

「メイベルさん。ここの守りは任せます。いいですね？」

「もちろん。任せておくがよい！」

メイベルは愛用のトレイを片手に舳先を守るように立った。

それを見て安堵した徳島達は、兵営船の内部に突入すべく後部甲板へと向かったのである。

後部甲板には、船内への入り口が開かれている。

大型の船だけあって他の船と比べるとその横幅は広い。しかしそれでも、兵士が並んで立ちはだかれば、これを斃さずに通り抜けるのは不可能なのだ。

徳島は、そっと中を覗き込む。

すると予想通り警備の兵が数名待ち構えていた。

「どうします？」

江田島が答える。

「もちろん、ここは堂々と正攻法で参りましょう」

徳島は銃を構えると、彼らの前に立った。

「我々は日本国、海上自衛隊立ち入り検査隊の者だ！ ただいまより、立ち入り検査を実施する！」

警備兵は徳島の呼びかけに武器を抜いて答えた。

「なんだと!?」

「抵抗は止めて武器を捨てろ！」

もちろん大人しく応じるはずがない。剣を手に挑みかかってきた。

徳島は銃口を彼らの腰から下に向けて下ろし、九ミリ拳銃弾をばら撒く。

息巻いて突き進んできた警備兵達は、たちまちその場に倒れていった。みんな腿や脚を撃たれて呻き声を上げている。

「おい、この船の責任者はどこだ？」

徳島は警備兵の一人に尋ねた。

「くっ……誰が言うもんか」

「では、ギルドの賢者はどこにいますか？　それならば教えても構わないでしょう？」

「お前達の狙いはなんだ？　なんであんな奴らを？」

「それは貴方の関知するところではありません……」

江田島は警備兵の傷口に手を当てた。口を噤んでいると傷口を握りしめるぞという意思表示だ。そうされた時の激痛を予想してか、警備兵は怖じ気が走ったように震え始めた。役に立たないガラクタばかり作っている連中を守るために、苦痛に曝されるなんてまっぴら御免なのだろう。

「や……奴らなら船倉の最深部だ。いつもそこにいる」

「ありがとう」

徳島は警備兵を解放した。

大腿動脈の類いが傷付いていなければ、出血もそれほど多くはならない。運がよければ生き残れるはずだ。そこから先のことまで案じてやる余裕は徳島にはない。

「では、行きましょう」

江田島が言った。

「統括、ガス対策を」

「そうでした……」

二人は防毒面を装着する。これがなかったがため、前回突入した際に江田島は前後不覚になりかけたのだ。

徳島はゆっくり油断なく進んでいく。その後ろを江田島が拳銃を手に続いた。

徳島は、兵営船の階段を下って三層目へと向かった。

巨大な船の中枢は窓が遠く光が入ってこないので、懐中電灯を使う必要がある。懐中電灯の光で照らすと、この階層辺りから空気が霞《かす》んでいるのがはっきりと分かった。

「ガスっぽいですね」

「ええ。歴史の教科書に載っていた阿片窟というのも、きっとこんな感じだったんでしょうねえ」

三層目に到達すると、そこにはパウビーノ達が座り込むかあるいは寝転ぶかしていた。

全員を閉じた空間に放り込んで魔煙を充満させるなど、とても人間に対する扱いではない。だが拒絶する者を薬物依存にさせるには、こんなやり方しかなかったのだろう。

「君達……」

江田島が倒れている少年達に駆け寄る。

軽く頬を叩いて意識があるかどうか確かめる。すると唸ったり江田島の手を払いのけたりして、意識らしきものがまだ残っていることが分かった。

「どうです？」

徳島は周囲への警戒を怠らない。こんなところに敵が隠れているとも思えないが、万が一に備えることは常に必要なのである。

「とりあえず命には危険はないようです。けれど完全に薬で酩酊してますね」

徳島は周囲に懐中電灯を向けた。すると体育館のような広い床に、少年や少女達が累々と転がっていた。その数の多さに徳島は絶句する。

「徳島君、しっかりとこの様子を映してください」

「は、はい」

徳島は頭に付けたＣＣＤカメラを意識して、周囲をゆっくりと見渡した。

「この船をまるごと引っ張っていくという貴方の提案は正しかったですね。もし一人一人運び出そうとしたら、どれほど手間がかかることか……」

「ですね。統括、トロワを探しますか？」

徳島に問われて、江田島はしばし答えを躊躇った。

「……いえ。やめておきましょう。彼女を特に選んで探せば、またぞろいらぬ希望を抱かせることになります。全員を助ければ、彼女もまた助かるのですから、今は置いておきましょう。それより我々には探さなければならない対象がいます」

「そうでしたね」

「それでは行きますよ。この船の最深部です」

江田島はそう言うと、徳島を連れて船底へと向かった。

作戦開始から四時間近くが経過した。

太陽は西に傾き、水平線に近付いていた。

茜色の空を背景に、兵営船を牽くオデットⅡ号とオディール号は、アトランティア海軍の軍艦に左右から並ばれていた。

どちらが先に進むかという漕舟レースの様相を呈している。しかも妨害あり攻撃ありの何でもあり状態である。互いに矢や弩などの飛び道具を遠慮なく浴びせかけ、漕手達に怪我人が続出していた。これまで漕手は交代しながら櫂を握っていた。だが疲労よりも怪我で脱落する者のほうが多くなってきて、漕ぎ手の数は減る一方であった。

「敵艦、右舷側来ます！」

オデットⅡ号の右舷に併走していた、アトランティアの軍艦が一気に幅を詰めてくる。横腹をぶつけて、オデットⅡ号の櫂を破壊しようというのだろう。そうして足を止めて、あとはゆっくりと仕留める。元海賊だけあってやることにそつがない。

「右舷、櫂を上げろ！」

迫ってくる敵艦を見てシュラが叫ぶ。すると漕手達は一斉に櫂を引き上げた。

二隻の艦が互いに横腹同士を激しく激突させた。

その瞬間、オデットⅡ号に乗り移ってくる兵がいた。船刀《カトラス》を手に漕手達に斬りかかろうと迫る。

「させるか！」

彼らを傷つけさせないため、シュラは自ら剣をとって戦う。突いて、払って、フェイントをかけて、急所に突き刺す。そして回し蹴りを一閃させて、乗り込んできた敵兵を海へと叩き込んだ。

「こっちにも来た！」

　このような攻撃に、オディール号も曝されていた。

「左舷、櫂を上げろ！」

　ドラケもまた剣を抜いて、乗り込んでくるアトランティア兵と斬り結んでいる。

「ドラケ、このままじゃ不味いよ！」

　オディールが不安そうに言う。

　作戦を開始して以降、ひたすら櫂を漕ぐ漕手達はみんな疲労しきっている。このままではずるずると速度が落ちていき、取り囲まれてしまうかもしれない。

「お頭、こうなったら一か八か、白兵戦に挑みましょう！」

　信号手のガルツが言う。

「馬鹿を言うな！」

　皆の顔を見ると、自暴自棄な戦いに挑むしかないと考え始めているようだった。だが現状それは自殺と同義であり、決して同意する訳にはいかないものだ。

　それでも人間は、時としていつまで続くか分からない不安定な状況から逃れるために、勝算のない決戦に打って出てしまうところがある。不必要に好戦的になってしまうのだ。

「船長、やるしかないですぜ」

クォーターマスターのパンペロまでがそんなことを言い出した。

「ダメだ！」

乗組員達の士気が急速に低下していくのがドラケには分かった。そのためドラケですら、このままでいるよりは戦うしかないかと思い始めていたのである。

「こうなったら……」

ドラケは腰の舶刀《カトラス》を抜く。

そのドラケの決断を乗組員達は櫂を漕ぎながら待った。

「仕方ない、お前達……」

だが、その時だった。

オディール号の左舷にいたアトランティアの軍艦が爆炎に包まれたのである。

「な、何が起きた!?」

炎と煙が上がり、舳先を海面下に突っ込むようにして速度を落とす。そしてオデットII号、オディール号とのレースから脱落して、たちまち後方へと消えていった。

「と、飛船が来た！　助かった。飛船だよっ！」

その時、オディールが皆に叫んだ。

彼女の指し示す方向を見れば、ミサイル艇『うみたか』が水煙を上げて突き進んでくる。

「敵に回すとおっかねえが、味方だとこれほど頼もしい船はないな」

ドラケは飛船を見ながらそう呟いたのだった。


夕日を背景に、アトランティア軍の軍艦が燃え上がる。

「だ〜ん、着、着、着……全弾命中」

CICからの報告に、艇長の黒須は満足げに頷いた。

『だから、何が起きているのかと言っている！』

濱湊がティナエにある海賊対処司令部と連絡を取り合っている。

すると海保の高橋が割り込んだ。

「ですから！　海賊を追っていたら、とんでもないものを見つけてしまったんです。どうしましょう？」

高橋は島嶼《とうしょ》部や沿岸諸国から拉致誘拐された子供達を見つけたと告げた。

艦橋のモニターには、兵営船に突入した徳島と江田島から送られてきた、内部の映像が映されている。パウビーノ達が累々と倒れている光景は、アルヌスの司令部にも転送されているので向こうにも見えているはずなのだ。

司令の濱湊が告げる。

「時間がありません。これよりミサイル艇『うみたか』は海賊対処行動に入ります」

『分かった。だが、そこにいるのは海賊で間違いないんだな？』

「はい、間違いなく海賊です。アトランティアなどという国は存在しません」

『なんだと。国が存在しないだと？　どういうことだ？』

「江田島統括の調査に寄りますと、アトランティア・ウルースとは船の集まりだそうです。国際法では、国家は天然に形成された領土と、国民、政府で成り立ちますが、このアトランティアには肝心の領土が存在していないのです。それでいて国を自称し、軍事行動と偽って近隣の郷村を劫掠《ごうりゃく》してきたという訳です」

もし、人工物で出来た領土しかないものを国家と認めたら、世界はもっと面白く愉快なことになってしまうだろう。太平洋やインド洋に、メガフロートで出来た国が乱立しかねない。それが分かっているから、銀座側世界の国はどこもそのようなものを国家として認めることはないのだ。

『つ……つまり、アトランティアとは、海賊集団以外の何者でもないということか？』

「そうです。従って我々はこれより海賊対処法に基づいて行動を開始します」

濱湊はそう告げて作戦の続行を宣言したのであった。

ミサイル艇『うみたか』が登場すると、戦場はその圧倒的破壊力によって支配された。

オート・メラーラ七六ミリ砲が火を放つ。

砲弾が発射される度に、大きな薬莢が甲高い音を上げて甲板を転がり海へと落ちる。

そして放たれた砲弾は、兵営船にあと少しと迫ったアトランティア海軍艦隊を劫火で包んでいった。

直撃を受けた船は上部構造が粉砕され、あるいは舷側に大穴を穿たれて海中へと引きずり込まれ、またある船は瞬時に粉砕されて海面に浮かぶ瓦礫と化す。

最早パウビーノを乗せた兵営船を取り戻すどころではなく、自分達が生き残れるかどうかを考えなければならなくなっていた。

次々と沈んでいくアトランティア海軍艦艇を見て、ダーレルは叫んだ。

「ここいらが潮時のようだ！　回頭しろ！」

「提督、逃げるんですかい⁉」

「ああ逃げる。近付けば命はない」

他の船は気付いていないようだが、飛船に攻撃されるのは兵営船に近付く船ばかりだ。

ある一定以上の距離をとっている限り攻撃はされない。ダーレルはいち早くそれに気付いた。

ダーレルは、アトランティア海軍旗を降ろすよう部下に命じた。

「ったく、何の役にも立たない布切れだぜ」

差し出された旗を海に放り捨てる。

海軍にいれば飛船を恐れずに済むと思ったのだが、アトランティアの海軍旗がお守りにならないと分かってしまったからにはこんなものに用はない。

「提督、何をしてるんです⁉」

お目付役の艦隊参謀がやってくる。ダーレルは振り返りざま船刀《カトラス》を抜くと、参謀の腹部に深々と突き刺した。

「ぐっ……ど、どうして」

目の前で倒れる参謀を見下ろしながら、ダーレルは言った。

「やめだやめ、海軍ごっこもやめだ！」

「どうするんですかい？」

「決まってるじゃねえか、また海賊するんだよ！」

ダーレルの反転離脱をきっかけに、形勢判断に目敏い元海賊の船は霧散するように散っていく。そして女王《ハーラム》の命令にあくまでも忠実な艦だけが、兵営船を追って砲弾を浴びていった。

アトランティア海軍の艦艇が次々撃破されていく。

兵営船の後部甲板から見えたその光景に、トッカーは歯噛みした。

「くそっ、なんてことだ」

このままではこの兵営船がまるごと他国に持って行かれてしまう。二千もの大砲火力が敵の戦力となり、逆にアトランティアからはそれが丸ごと失われることを意味している。そのことがどのような結果をアトランティアにもたらすか、健全な想像力と常識程度の危機意識があれば明白だ。騙し討ちを食らって怒り狂ったアヴィオン七カ国の艦隊が、アトランティアを取り囲んで劫火で焼き尽くそうとするだろう。

だがそんな事態を防ぐ手が、僅かながら残されている。

この兵営船は二隻の艦に牽引されている。つまりこれを繋ぐ鎖を断ち切ってしまいさえすれば、兵営船の足は止まる。これまで一方的に撃破されてきた味方も追いつくだろうし、少しは事態が好転するかもしれない。

「かもしれない……か」

ここで自分が頑張ったところで、何も変わらない可能性もあるということだ。

というより、もはやほとんど何も変わらないだろう。だが、トッカーはアトランティアに仕える軍人として、最善を尽くさなければならない。

「よし、お前達。我々で舳先を占領するぞ」

トッカーはそう言って部下を見渡した。

彼に従う兵はわずかに三人。対する敵水兵は十人。皆がハンマーや斧を手にしている。ただ、アトランティアの艦隊が沈められていく様子に気をよくして油断しきっている。船が炎上するたびに歓声を上げている今ならば、あるいは……

「やれるな？」

絶望的な数量差だが、他に手はない。トッカーの部下達は覚悟を決めたように頷いた。

「続け！」

トッカー達は舶刀《カトラス》を抜くと、喊声を上げながら突き進んだ。最初に目指したのは斧を手にした水兵。相手が態勢を整えないうちに、一人頭三人倒すことが出来れば勝機はあるのだ。

「うおおおお！」

予想通り、敵の水兵の反応は鈍《にぶ》い。これなら奇襲で有利になる。

だがその時、トッカーの視界に蒼い髪の少女が割り込んだ。

「な、なんで女が⁉」

そう思った時には銀色の円盤の縁が、彼の腹部を深々と抉《えぐ》っていた。

「ぐはっ！」

甲板に転がる衝撃で呼吸が止まる。

蒼髪の少女は舞うように彼の部下の脚を払い、顎を手掌でかち上げ、振り下ろされる舶刀《カトラス》を円盤で受け止めつつ肘を鳩尾に埋め込ませた。

一瞬にして部下達全員が倒されてしまうのを、薄れゆく意識の中でトッカーは見た。

「き、貴様一体……」

「躬か？　躬の名はメイベル・フォーン……仕える主なき、ただの堕神じゃ」

「だ、堕神……だと？」

何故か困ったような顔をする少女の表情が、彼の最期の記憶に刻まれたのだった。

16

徳島と江田島は、更に兵営船の各所を探索しながら深奥へと向かっていた。

「おかしいですねえ」

白刃を閃《ひらめ》かせて襲ってきた警備兵の眉間と、胸部に一発ずつ銃弾を叩き込んだ江田島は首を傾げた。

兵営船には警備兵だけでなく、ギルドの賢者、パウビーノを管理する監督官、そしてこの船の指揮官がいるはずだ。なのに警備の兵を時々見かけるくらいで他の者とは出会わなかった。この船の指揮官やパウビーノの監督官達と遭遇しないのはおかしいのだ。

この意見には徳島も同意した。

「もしかすると逃げてしまったのかもしれません」

「それならそれで別に構わないのですが。用があるのはギルドの賢者達なんですからね」

徳島達の狙いはあくまでも、大砲やこの世界になかったはずの知識を持ちこんだ者だ。

「ここが最後です」

やがて大きな扉の前に行き当たった。

内部の広さを感じさせる倉庫のような扉だ。徳島と江田島はその左右に分かれて立った。

「では、参りますよ」

江田島が合図して扉を僅かに開く。

そして徳島が機関拳銃を内部に向けながら突入した。

後ろから江田島も続く。

中には油を用いた照明器具に照らされながら、作業台に向かって何かの実験やら製作作業をしている賢者達がいた。

彼らはこの船が今どうなっているのか、まったく気付いていないようだった。ただただ自分の関心事である作業に没頭している。凄まじい集中力である。

「あの、ちょっといいですか？」

徳島がおずおずと問いかける。

だが、誰も顔を上げない。

「あのーーー」

声を大きくしてみた。それでも誰も答えない。

そこで江田島は、拳銃を天井に向けて二発三発と発射した。

さすがに賢者達も作業の手を止め、音の発生源である徳島と江田島に注目した。

「すみません、この中で大砲を発明した人は？」

徳島が尋ねながら賢者達をぐるっと見渡す。だが誰も答えない。質問に答えるのも面倒くさいという顔付きだ。

「そこのあなた、存じませんか？」

そこで江田島が一人を指名して同じ質問をした。

質問の際、指先の代わりに銃口を向けたのが何らかの作用を及ぼしたのか、その賢者は比較的素直に答えてくれた。

「や、奴らなら、もうこの船を降りたぞ」

「何ですって？　いつ頃ですか？」

「さあ……奴らはここじゃ特別扱いされてたからね。昼飯だって船長に招かれて士官室で食ってたし。それが終わって帰ってきて、その足で船から降りていったから、今日の昼過ぎってことになるんじゃないかな？」

周囲に同意を求めると皆が揃って頷いた。

「そうですか」

つまりこの兵営船をウルースから引き抜く時に、既に彼らは逃げていたということだ。船長や監督官達もその際に一緒に逃げてしまったのかもしれない。

すなわち、徳島と江田島は肝心の目標に逃げられてしまったのである。作戦失敗ということだ。

「……統括」

徳島がしゃがみ込んだ。

「まあ、こういう時もありますよ。徳島君」

「でも……」

江田島も珍しく座った。だがそれは疲れてへたり込むというよりは、徳島と視線の高さを合わせるためのようであった。

「子供達を助けることが君の狙いだったんでしょ？　それが叶っただけでよかったと考えることにしませんか？　それに、我々の任務は、彼らを見つけ正体を突き止めることでしたし」

「……はい」

条約に反する活動をしている者を見つけることと、捕らえることとは別である。

徳島達の任務は、「お宅の国の工作員が、このような条約に反することをしているので、直ちに撤収させてください」と外務大臣が相手国の大使を呼びつけて要求するための証拠を握ることなのだ。そういう意味では、ギルド本部で資料を得ただけでもある程度の任務は果たせたといえた。

それ以上の行為は、特地それぞれの国の主権侵害になってしまう。そもそも条約違反者の逮捕は自衛隊の任務ではない。

「ただし、特地の人が自主的にそれらを排除することを止める理由もないのですけどね……」

江田島はそう独りごちた。

「あのーー、ところで、今は何時頃?」

賢者一人が徳島と江田島に尋ねてきた。

「はい?」

「いや、いつもなら時鐘が鳴らされるのに、いつまで経っても鳴らされないから……そろそろ腹も減ったし」

ここの賢者達は、この船に連れてこられてからは時鐘を合図に日課を過ごしていたという。いまだに作業を続けているのも、終業の合図が鳴らないかららしい。

この船での監禁生活は彼らにとっては研究や製作作業に没頭できる分、快適かつ幸せなことだったようだ。

「どうぞ、そのまま作業を続けていてください」

徳島は少しばかり投げやりに言った。

「えっ、でも晩飯は?」

「さあ、後で誰かが何とかするでしょう」

さすがの徳島も、この後すぐに食事を作るという意欲は湧かなかったのである。

＊　　＊

水平線に陽が落ちていく。

小船が群れを成すウルースの船群を、三人の賢者が進んでいく。兵営船から逃げ落ちた賢者達だ。かれらは人目を憚るように、周囲を警戒しつつ進んでいた。

だがそんな彼らを少し離れたところから追う人影が二つある。

一つは長身の女性。

もう一つは小柄な少女。

少女は何かを必死に耐えているようで、肩で息をしていた。

時折、肩に担ぐハルバートに力が籠もる。

「聖下……ここは我慢です」

長身の女性――ヤオが囁く。

「分かってるわよぉ」

どうやら小柄な少女――ロゥリィは、理屈とかではなく体内を駆け巡る衝動に突き動かされる形で、ここまで来ているらしい。それは亜神の本能とでも言うべきか。だから獲物を見つけると襲いかからずにはいられなくなってしまうのだ。

それだけに彼女は今、衝動を堪えるのに苦労していた。

「しばし耐えてください。彼らを生かしたまま行かせてこそ、奴らの全貌を掴めるのですから」

「あと少し……あと少し」

ロゥリィはそう呟きながら獲物の追跡を続けていた。

＊　＊

その後、兵営船はミサイル艇『うみたか』に曳航され、ティナエのサリンジャー島に接岸した。

パウビーノの少年少女達はそこで救出され、かつてオディール号に乗り込んでいたパウビーノ達もドラケと無事に再会を果たした。

「おい、エダジマ、こいつらはこれからどうなるんだ？」

「医師の監視の下、手当てを受けることになります」

「その治療って上手くいくのかい？」

オディールが、疑わしそうに問いかける。オディールの知識によれば、習慣性魔薬の常用者となった人間が立ち直れた事例は皆無なのだ。

「正直、難しいでしょう」

江田島は眉根を寄せた。

薬物依存を止めさせる特効薬は、現代の医学においても見つかっていない。

魔薬の魅力の前では本人の意志や決意は何の意味も成さない。今日一日犠牲者が薬物を断った生活を送れるかどうかは、ある意味で神のご意志次第なのだ。

「……トロワが見つかりました」

徳島が、江田島に報告する。

すると江田島は深々と嘆息した。

「探してくれたのですか？」

その言葉には、余計なお世話という恨みの響きもあった。

「はい」

だが徳島は気にしない。江田島から負の感情を向けられることなぞ、何ともないからだ。

「分かりました……彼女に会いに行きましょう。そして実は娘を探しているなんてことは嘘だったと彼女に伝えることにします」

江田島はそう言うと、徳島に誘われて野戦病院のような有り様となった医療施設へと向かったのである。

＊　　＊

兵営船の内部に隠れていた船長、監督官らが見つかったのは、パウビーノ達が全員救出されてから更に三日後のこと。巨大な船の構造を研究すべく派遣されてきたティナエの船大工達が、その構造を研究し、船倉よりも更に下に空間があると気付いたことで発覚した。そこを開いてみると、水も食料もなく干からびかけた船長達が、息も絶え絶えの姿で発見されたのである。

あとがき

『ゲート SEASON2 自衛隊 彼の海にて、斯く戦えり 3．熱走編《ねっそうへん》』を手にお取り頂き、誠にありがとうございます。

さて、料理のお話です。

大昔の食文化ってお粗末だったんでしょと、我々は思ってしまいがちです。しかし昔であっても平和で安定し、物資の輸送が比較的円滑に出来た地域では、食材もスパイスも各地から多種多様なものが送られてきて、なかなかに彩《いろど》りが豊かだったようです。

無論、現代の料理はそれらの知識や経験を土台に冷凍・冷蔵・塩蔵・乾燥・燻製《くんせい》・発酵《はっこう》等々の食材保存技術を発展させ、調理技法をより洗練させているので比較できるものではないのですが、とはいえ単純に昔なのだから劣《おと》っていると侮《あなど》ってはいけません。

日本が縄文・弥生時代だった頃に、古代ローマでは牡蠣《かき》の養殖すらしていたというのですからなかなかのものです。美食家のアピキウス氏が料理のレシピ本を書き残しているくらいです。

なお、アピキウス氏の著書については『古代ローマの調理ノート』（小学館）というタイトルで、現代日本語に翻訳出版されていました。ご興味のある方は図書館などで探すなりして一読されてみてはいかがでしょうか？

さて、そんな美食文化華《はな》やかな時代のローマってどんなものだったんだろうか？

我々が考えるような中世風味のファンタジー世界に近いのだろうか？

そんな疑問が浮かんできたものですから行ってきました。イタリアのポンペイ遺跡。

西暦七十九年のベスビオ火山の噴火によって街ごと異世界転……ゴホンゴホン、火山灰に封印されたがため、ありとあらゆる遺物が当時のままに保管され、現代の我々に当時の暮らしがどのようなものだったかをまざまざと教えてくれます。

まず驚くのが石で舗《ほ》装《そう》された道路でした。

事もあろうに歩道と車道にちゃんと分かれているんです。しかも横断歩道まであったりします。

もちろん地面に白線を描いたものではなく、道路の真ん中に成型された踏み石として並べて設置されているのです。

「こんなところにこんなデカい石を置いたら、馬車の通行の妨《さまた》げになるじゃん」

そう思ってよくよく見ると、踏切のように車輪が通るところだけ隙間が空けてありました。

真ん中は馬用、左右に車輪用の三カ所です。おかげで歩道を渡る時、子供なんかはぴょんと跳ばなきゃいけなかったんじゃないかなと思われます。とはいえなかなかのアイデアです。古代人、侮れずです。

さて、そんな道路の傍らには宿屋や飲食店があります。

繰り返しになりますが日本では縄文時代とか弥生時代とかで、『日本書紀』や『古事記』を紐解いてみても、神話なのか実話なのかがいささか怪しい頃合いです。それなのに古代ローマのポンペイでは、立《た》ち喰《ぐ》い屋やら小料理屋やらファストフードっぽい店があったりしたんです。

中に入るとラーメン屋や居酒屋のカウンター席を思わせるカウンターがあって、その天板部分には大型の鍋というか壺がすっぽりと収まる穴があいています。きっとその中には料理が入っていて、頑固親父が客の注文を受けてよそっていたのでしょう。

店の内装も当時の塗装が残っていて、カラフルだったことがわかっています。つい最近、カウンターに鶏《にわとり》の絵やらなにやらが描かれていたのが、そのまま残っている店も発見されました。

きっと客はこの絵を見て店に入ったのでしょう。

「おっ、この鳥、美味《うま》そうじゃんか。『白ソースで煮た若鶏』（『古代ローマの調理ノート』より）かあ、いいねえ、こういうの好きなんだよねー。とろとろに溶けた肉が、ほふほふはふはふ」

ワイン片手に舌鼓を打ったに違いありません。

「うー、美味ー」

この情景を想像した瞬間、私は思いました。

「あかん、これはいけない。古代も相当に文化レベル高いわ。これに対抗するにはちゃんと料理の技術を学ばねば」

自炊しているので料理くらいは普通に出来る――と一人勝手に思い込んでいたのですが、やはりきちんと正統を知っておかねばという思いが浮かんで参りました。そこで目黒にあるイタリアンレストラン主宰の料理教室に通ったのです。

ここは基礎から応用、具体的にはフォカッチャから、白身魚のムニエルや、ティラミスの作り方まで教えてくれます。

私はひたすら料理を学ぶことに専念しました。

「みなさーん、料理はタイミングが大切ですよー」

「ほほう、料理はタイミングか」

プロの料理人を自分の中に降臨させるため、私は一心不乱となって、包丁さばきから塩を振りかけるところまで、料理と向かい合いました。

一緒に参加した友人（男性）などは心配して私にこう囁いたくらいです。

「柳内さん、女性が話しかけてきてたよ」

「え、ほんと？」

実はこの料理教室、主催者のシェフがなかなかのよい男ということもあって、独身女性が多かったんです。

「何度も話しかけてるのに、柳内さんが料理ばっかりに気をとられてるから呆れてあっちに行っちゃったよ」

出逢いもタイミング。私はどうやら貴重なチャンスを失ってしまったようでした。

柳内たくみ

大好評発売中！
累計610万部突破！
（電子含む）
ゲート SEASON1
大好評発売中！
コミックス
最新19巻
大好評発売中！
単行本
文庫
漫画
漫画：竿尾悟
●本編1〜5／外伝1〜4／外伝＋
●各定価：1870円（10％税込）
●本編1〜5〈各上・下〉／
外伝1〜4〈各上・下〉／外伝＋〈上・下〉
●各定価：660円（10％税込）
●1〜19（以下、続刊）
●各定価：770円（10％税込）
スピンオフコミックスもチェック!!
ゲート featuring The Starry Heavens
原作：柳内たくみ
漫画：阿倍野ちゃこ
1〜2
ゲート 帝国の薔薇騎士団 ピニャ・コ・ラーダ14歳
原作：柳内たくみ
漫画：志連ユキ枝
1〜2
めい☆コン
原案：柳内たくみ
漫画：智
●各定価：748円（10％税込）

大ヒット
異世界×自衛隊 ファンタジー
ゲート
自衛隊
彼の海にて、
斯く戦えり
GATE SEASON 2
1～5
柳内たくみ 著
Yanai Takumi
1～5巻
好評発売中！
文庫1～3巻
（各上・下）
大好評発売中！
ゲート SEASON 2
1.抜錨編
自衛隊 彼の海にて、斯く戦えり
柳内たくみ
舞台は異世界の海！ゲート海自編、ついに開幕！
海上自衛隊VS
異世界海賊＆海軍！
累計420万部！ 超スケールの自衛隊×異世界ファンタジー！
GATE ゲート SEASON 2
自衛隊 彼の海にて、斯く戦えり
1 抜錨編
柳内たくみ
上
下
『ゲート』シリーズ累計
ついに500万部突破！
（電子含め累計570万部）
豪華賞品が当たる
海自編、待望の文庫化！
●各定価：660円（10%税込） ●Illustration：黒獅子
●各定価：1870円（10%税込）
●Illustration：Daisuke Izuka

アルファライト文庫

この作品に対する皆様のご意見・ご感想をお待ちしております。

おハガキ・お手紙は以下の宛先にお送りください。

【宛先】

〒150-6008 東京都渋谷区恵比寿 4-20-3 恵比寿ｶﾞｰﾃﾞﾝﾌﾟﾚｲｽﾀﾜｰ 8F
（株）アルファポリス　書籍感想係

メールフォームでのご意見・ご感想は右のＱＲコードから、
あるいは以下のワードで検索をかけてください。

アルファポリス　書籍の感想　検索

ご感想はこちらから

本書は、2019年1月当社より単行本として
刊行されたものを文庫化したものです。

ゲート SEASON2《シーズン》 自衛隊《じえいたい》 彼《か》の海《うみ》にて、斯《か》く戦《たたか》えり 3.熱走編《ねっそうへん》〈下《げ》〉

柳内たくみ（やないたくみ）

2021年10月31日初版発行

文庫編集－藤井秀樹・宮本剛
編集長－太田鉄平
発行者－梶本雄介
発行所－株式会社アルファポリス
〒150-6008東京都渋谷区恵比寿4-20-3恵比寿ガーデンプレイスタワー8F
TEL 03-6277-1601（営業） 03-6277-1602（編集）
URL https://www.alphapolis.co.jp/
発売元－株式会社星雲社（共同出版社・流通責任出版社）
〒112-0005東京都文京区水道1-3-30
TEL 03-3868-3275
装丁・本文イラスト－黒獅子
装丁デザイン－ansyyqdesign
印刷－中央精版印刷株式会社

価格はカバーに表示されてあります。

落丁乱丁の場合はアルファポリスまでご連絡ください。

送料は小社負担でお取り替えします。


ISBN978-4-434-29483-9 C0193